扛着问号走路的人

尹利华 著

与文学名家对话·中国当代获奖作家作品联展

主编 高长梅 王培静

花山文艺出版社

图书在版编目(CIP)数据

扛着问号走路的人 / 尹利华著. —石家庄: 花山文艺出版社, 2013.7(2021.6 重印)

(与文学名家对话:中国当代获奖作家作品联展 /高长梅,王培静主编)

ISBN 978-7-5511-1699-2

Ⅰ.①扛… Ⅱ.①尹… Ⅲ.①小小说－小说集－中国－当代②散文集－中国－当代 Ⅳ.①I217.2

中国版本图书馆 CIP 数据核字(2013)第 292218 号

丛 书 名：与文学名家对话:中国当代获奖作家作品联展
主　　编：高长梅　王培静
书　　名：扛着问号走路的人
作　　者：尹利华
策　　划：张采鑫
责任编辑：于怀新
责任校对：齐　欣
特约编辑：李文生
全案设计：北京九洲鼎图书有限公司
出版发行：花山文艺出版社(邮政编码:050061)
　　　　　(河北省石家庄市友谊北大街 330 号)
销售热线：0311-88643221
传　　真：0311-88643234
印　　刷：永清县晔盛亚胶印有限公司
经　　销：新华书店
开　　本：710×1000　1/16
字　　数：105 千字
印　　张：8.5
版　　次：2013 年 7 月第 1 版
　　　　　2021 年 6 月第 2 次印刷
书　　号：ISBN 978-7-5511-1699-2
定　　价：32.00 元

(版权所有　翻印必究·印装有误　负责调换)

目录 CONTENTS

第一辑　没有童话的鱼

没有童话的鱼	002
标新立异的猪	005
上天堂的傻瓜	008
我们都是善良的羊	011
向往大海的小鳄鱼	013
最后一只猴王	015
拴不住的狗	017
舅爷的骆驼	019
神奇的能力	021
月季园里的牡丹	023
老鹰和麻雀	025
荒岛	026
歪嘴的国王	028
三任养马官	031
宠臣之死	033
来自卡洛星的礼物	035

CONTENTS

第二辑　　瘦月亮，胖月亮

幸福就在身边	038
对着善良微笑	040
瘦月亮，胖月亮	042
没有圣诞节的孩子	043
崔婳	045
有个姑娘叫婉君	048
愤怒的阳光	050
站立的灵魂	053
旁观者	056
钓	059
红房子	061
请给我一个新理由	063
兄弟	065
夜半电话	069
深埋的种子才发芽	071
自尊的觉醒	073

CONTENTS

第三辑　人生没有"早知道"

野狗的面具 …………………… 076
白手起家的秘诀 ……………… 078
扛着问号走路的人 …………… 081
病危之后 ……………………… 083
命有贵子 ……………………… 085
聪明伯和糊涂伯 ……………… 087
罗丹拜师 ……………………… 089
面试 …………………………… 091
人生没有"早知道" …………… 095
踢猫的孩子 …………………… 097
踢猫的孩子之真实结局 ……… 099

CONTENTS

第四辑　人品是个大问题

童心	102
上帝的旨意	104
谁是凶手	108
单位有只绿乌龟	112
鸡王是怎样诞生的	113
人品是个大问题	116
最后的证明	119
伤花怒放	123
技术含量	125
戴着面具的人	127

第 一 辑　**没有童话的鱼**

没有童话的鱼

我是一条鱼，一条爱看童话的鱼。

虽然我还是一条未成年的鱼，仍旧沉湎于那些人和鱼之间美丽的童话故事里，但我身边的鱼长辈们都说人是一种残酷无情的动物，千万不要接近，见了他们撒下的鱼钩，一定要远远离开。我不相信，他们一定在撒谎，因为书里的童话故事可不是那么说的。

今天，我从水面下看到一个小男孩在垂钓，我想，我和他都还是孩子，虽然一个是鱼的孩子，一个是人的孩子，但是我们如同童话中那样，彼此之间亲密无间地游戏。于是，我就有意用自己的尾巴撞鱼钩，一次一次，引诱他兴奋地拉起来。

看着他每次兴奋地拉起鱼竿，随后兴奋转化为失望的时候，我感觉人的表情真是丰富极了，好玩极了，因此，我乐此不疲。我决定再和这个小男孩玩几次，然后回家看我的童话。

不料，我一个疏忽，被鱼钩挂住了。我一阵惊恐，努力挣脱，可鱼钩却刺入了我的身体，让我痛彻肺腑。我大声哭泣，惊恐得大喊："妈妈，妈妈！"

妈妈从远处游来，我看见她满脸都是绝望的神情。

还没有等我再看妈妈一眼，我就被鱼钩拖出了水，飞一般出离了水面。第一次离开了水，我感到一阵窒息。随后，我就被小男孩捉在了手中。

这个小男孩是多么可爱啊，尤其是看到我时，他笑得多么开心！我想如同童话中写的那样对他说：喂，你好，我是鱼的孩子，我想和你做朋友呢。

就是不知道他看不看童话，如果他也看过我曾经看过的童话就好了。那样，我们就能像童话里写的那样美好：我们彼此成了好朋友，并且留下各自的地址和联系方式。然后，他放我回家，我会在水中思念他。

可随后，他居然随手把我丢在了一个小土坑里！小土坑里没有一滴水！难道，难道这就是人类孩子的待客之道？难道，难道他不知道我们鱼只有在水中才能呼吸，才能生存？我忍住疼痛，挺直身子，跳跃起来，可每一次挣扎，就扬起一阵灰尘，进了我的眼，我的嘴，也进入了我的心，化为绝望的恐惧。

我以为这样，人类的孩子能听见，能给我一些水。对他来说，仅仅是举手之劳。可他只是看了我一眼，用他那双水灵灵的大眼睛，没有任何表情地看了我一眼。我明白自己错了：他虽然是人类的孩子，但他是不看童话的。

太阳火辣辣的，曝晒着我裸露的身体，很快我就感到从来没有过的口渴。以前在水里，总感觉太阳有一种朦胧的美，而今在空气里，才感觉出我错得多么厉害。是不是从水中看到太阳，就和读童话一样，都蒙上了一层不真实的面纱？

"啊哈，又来一条大的！"我听到小男孩在兴奋地尖叫。

随后，小土坑里落下一个同类。我仔细一看，居然是妈妈！是我那亲爱的妈妈！

妈妈看见我，第一句话就说："孩子，别怕。妈妈在这里。"

我知道，妈妈一向是远离钓钩的，这次一定是故意让人类的孩子捉来的，一定是！可惜我的眼睛无法流泪，如果流泪的话，我相信我的泪水可以盈满这个肮脏的小土坑。

妈妈突然挺直身子，一个跳跃，纵向上空。她落下后，神色焦灼，鼓励我说："孩子，跳，就这样跳，不远就是咱们的家！努力，孩子！"

我学妈妈的样子，努力跳跃。每跳一次，我就能看到一池碧水，我的家就在那里，家里有我没有看完的童话。为了妈妈，

扛着问号走路 的人

为了回家，尽管落下的时候弄得自己满身泥土，但我仍然坚持跳跃。妈妈在一旁的鼓励和她眼神中的关爱让我刻骨铭心，但尽管我竭尽全力，却始终跳不出小土坑。每一次落下，我都会摔得眼冒金星，再加上越来越多的泥土裹在我身上，加重了我的体重，最后，我只能象征性地挺一挺身子，翻一下身体而已。

我对妈妈说："妈妈，我不行了，你赶快回家吧，我爱你。"

妈妈的眼神再次由焦灼变为绝望。她不断地给我做示范，挺直身体，跳起又落下："就这样，孩子，你能行的，你能回家的！"

人类的孩子也许听到了妈妈落地的声音，转过头来，看到妈妈的跳跃。他急忙过来，用胖乎乎的手抓住妈妈，往地上狠狠一摔，说："我让你跳！"只一下，随着妈妈落地的声音，我看到血从妈妈头上流出来。

"妈妈！"我拼命跳跃着。

妈妈奄奄一息，说："孩子，都是妈妈不好，给你看的童话太多。其实，其实，我们鱼是没有童话的……"

难道有些真相，非得要经历一番疼痛后，才能明白？

我奄奄一息，躺在妈妈身旁。虽然妈妈睁着眼睛，但我知道她已经离开了这个世界，永远。我听到人类的孩子说："这条太小了，扔了吧。"

尽管我不再相信童话，可我仍然以为他会把我扔回水里，扔回我的家。可是，我再次错了。我在空中划了一个弧线，落在离家更遥远的青草地上。

落地的瞬间，我第一次嗅到了青草的芳香。我想起了妈妈，想起了那本我永远也读不完的童话。

标新立异的猪

肥肥并不是一只普通的猪。它生活在一个叫"鑫鑫"的十分优越的猪场中。每天除了吃喝玩乐之外,剩下的时间就是睡睡懒觉,听听陶冶情操的轻音乐。对,一般情况下,它和它的同伴们只被允许听轻音乐,因为轻音乐有利于陶冶情操,舒缓心情,有助于猪们健康成长。当然,有时候轻音乐实在是听腻烦了,猪圈里的所有猪们也会抗议,万猪一心,用哼哼声来表达它们的不满。这时候,猪场老板就会下令改放一些民歌让它们听。逢年过节,还可以听听那个叫郭德纲的人说的相声,以保证猪们有一个开心的心情,但这个是有着严格规定的,一年不会超过3次。有一次,一个新来的负责放音乐的农业大学的本科实习生不小心放错了音乐,放成了《西班牙斗牛士》,惹得那些公猪彼此撕咬一番,他差点儿因此被老板开除。

鑫鑫猪场的老板姓朱,也许是因为姓氏的缘故,他对自己猪场养的猪十分有感情。他从各个农业大学里聘请了5名博士、10名硕士、20名本科生来为这些猪服务。他常常对他的员工强调这样一个原则:在鑫鑫猪场,猪就是主人翁,而人是为猪服务的。

因为有了这样爱猪的朱老板,所以,鑫鑫猪场就成了猪们的乐园。而作为生活在这个乐园里的肥肥,觉得自己是十分幸运的,每天,它晒着暖洋洋的太阳,望着来往奔波不断操劳的人们,就对那些人充满了同情。

肥肥最喜欢听的音乐是《采茶舞曲》,常常听着听着就会酣然入睡。猪圈里无风无雨,空气清新,四季如春,最适宜饱餐后大睡一觉。不过,肥肥还是很注意卫生的,常常会半个月洗一次澡,并且有两种洗澡方式可以供它选择:淋浴或者盆浴。

扛着问号走路的人

对于肥肥来说,世上最舒服的事情莫过于一边听着音乐,一边在浴盆里美美地浸泡半天了。

肥肥的朋友并不多。它长得不胖不瘦,属于放在猪群中很难被一眼辨认出来的那种平凡猪。有段时间,它莫名其妙大病了一场,可把那些博士、硕士们给吓坏了,他们把它小心翼翼地运到一个单间,隔离开来,单独治疗,并观察了一个星期,确定病好了,才将它重新运回猪圈。在那段生病的日子里,肥肥受到了人类无比细微的照顾,不但给它提供了最好的营养,而且还专门有人每天给它挠痒、按摩,舒缓它的神经。所以,在肥肥的一生中,那段时光是它最为享受的。它在闲暇之余,开始思索一些高深的形而上的哲学问题,诸如,人和猪的关系、猪存在的意义等等。

可这些问题太高深了,尽管肥肥绞尽脑汁,仍旧没有理清楚,人和猪之间到底有什么关系,这些人为什么会提供如此优越的条件来对待它们这些猪。它也没有想明白,猪存在的意义究竟是什么,难道就是为了吃吃食,晒晒太阳,听听音乐,洗洗澡,睡睡懒觉,和异性猪调调情吗?它觉得不像自己看到的这么简单,它觉得这些表象下面也许隐藏了什么可以让猪们惊心动魄的真相。

所以,突然有一天,肥肥失眠了。它开始有了一种忧患意识。它仿佛看到,这安逸生活不可长久,这表面的悠闲自在终究会失去,它觉得猪不应该这样活着。它以一种直觉,觉得作为猪,现在应该有自己的一技之长。于是,肥肥开始琢磨自己的一技之长在哪里。

耳边传来熟悉的旋律,又到了集体听音乐的时候了。肥肥听到忘情处,有一种随着音乐舞蹈的冲动。它突然灵光一现:为什么不随着音乐的节奏走动一下呢?

就这样,肥肥开始尝试着用肥短的四肢来舞动,忘情地表达自己对音乐节奏的感受。肥肥试图直立起来,如它看到的人一样,将前肢解放出来,这样更有利于表达自己所感受到的音乐节奏。毋庸置疑，最初是有难度的，但肥肥坚持不懈，终于有一天，它可以站立起来，用上肢摆动来迎合音乐的节奏了。

但肥肥的这种行为并没有得到其他猪们的认可。其他猪一致朝它投来鄙视的目光，它们纷纷嘲笑它说，这可真是一个大傻瓜，放着大好的时光不去睡懒觉，竟然学为我们猪服务的人类走路。人类走路再好看，不还是要为我们猪服务吗？

但肥肥不为所动，依旧坚持着自己的行为。

很快，那位饲养猪们的林业大学的本科生就发现了肥肥的与众不同。接着，朱厂长闻讯赶来，亲眼看见了肥肥歪歪扭扭的舞姿后，将它视若珍宝。随后，各路媒体记者接踵而至，闪光灯"咔嚓咔嚓"闪个不停，会跳舞的肥肥一举成名，成了鑫鑫猪场最红的代言猪。

走出了猪圈的肥肥，视野开阔了，智力提高了，很快它就得出了曾经百思不得其解的那两个哲学问题：人养猪，是为了杀猪吃肉；猪活着的价值在于向人类贡献自身的肉体。这个结论，彻底颠覆了以前在养猪场的那种"人为猪服务"的观念，让它不寒而栗。

当它被梳妆一新，穿了黑色小礼服，戴了红色蝴蝶结，走上表演的舞台时，望着台下黑压压的人群，它突然想起了那些也许仍旧在舒服地睡懒觉的同类们，一股莫名的悲哀涌上心头：那些留在猪圈里仍旧安度时光的同类们的下场，早已经注定，但它们却看不穿。

是的，它们看不穿。

肥肥站在舞台上，开始随着音乐的节奏来扭动自己的四肢，引起台下阵阵疯狂的欢呼声。只是，在这一场巨大的狂欢中，无人注意到，一滴晶莹的眼泪从肥肥的脸庞滑过，也许是为了它那仍旧滞留在猪圈里的同类，也许是为了自己侥幸看穿，通过努力而博得这一线生机，也许，没有什么理由。

扛着问号走路的人

上天堂的傻瓜

一个傻瓜，一生懵懂无知，死后来到天堂。

在见到上帝的那一刻，这个傻瓜瞬间清醒过来，变得十分聪慧。他回顾自己的一生，发现自己都是处于一种无知、愚昧的状态中，他审视自己身上发生的那些令人嘲笑的行为，觉得无比羞愧。

他哀叹一声，质问上帝说："为什么您让我以一个傻瓜的角色度过荒唐的一生？而虽然我的一生诠释着无知、扮演着被人嘲弄的角色，您为什么还让我的灵魂进了天堂？现在回顾那让我觉得羞愧的一生，我不得不问您，我的一生意义何在？"

上帝听后，有些惊讶，他看着这个生前愚昧、死后聪慧的灵魂，说："任何人的一生都是有意义的，你的一生也不例外。其实，你的一生意义重大，影响深远，并非真如你所看到的那样，仅仅是一个傻瓜。"

那个灵魂听了，有些愤怒，说："无所不能的上帝，您已经让我虚度了一生，现在就不要再欺骗我了。"很显然，他对上帝的话持怀疑态度。

上帝也不多加辩解，他想了想，一挥手，一幕鲜活的画面就出现在他们面前。那个灵魂很快认出那是他生前往事的一个片段：

正是酷夏，一群闲人围坐在绿荫下闲聊，而那个傻瓜也在其中嘿嘿傻笑着旁听。不过，很快傻瓜就觉得自己口渴无比，他想要找一些水喝。但那些闲人并不打算放他走，他们想拿他取乐。所以，其中一个闲人对他说："嘿，傻子，想喝水还不容易吗，我来教你怎么喝到水。"

说着，那个闲人就拿起了搭在自己身上的湿毛巾，擦了擦

额头的汗,然后使劲地拧了一下毛巾,很快便从湿毛巾上滴下几滴水来。闲人说:"看看,这不是水吗?"

就这样,傻瓜信了那个闲人的话,坐在骄阳下,很快就被晒得满头大汗,他拿着那个闲人给他的毛巾,不断地擦着自己额头上的汗。那块毛巾很快就被汗水湿透了,然后傻瓜就按照闲人教的那样,用力地拧着湿毛巾,张口接着从毛巾上拧下来的水。傻子的行为,惹得越来越多的人围观,大家看着他开心地哈哈大笑。

直到天黑,傻子才拧出来十几滴水,差一点就被渴得晕过去……

那个灵魂看到自己生前的那些愚蠢往事,又羞又怒。他不明白,为什么这样一件无比愚蠢的事,也会被上帝记得。他用一种不恭敬的口气悲愤交加地质问上帝说:"您再次让我观看一遍我的蠢行,无非是为了您的开心。这件对我来说是极其羞辱的事,只是为您的开心多了一些笑料而已。我实在看不出,于我来说,人生的意义何在。"

上帝听后,笑了,他说:"你说得对,你只是一个让那些围观的闲人开心的笑料。你以自己的愚蠢行为,使得他们开心了,而无形中改变了他们中间一些人的想法和行动。"

上帝指了指那些闲人中的一个人,接着说:"就拿这个人来说吧。"然后,上帝又一挥手,在他们面前出现新的一幕:

只见这个人从家里扛了一只小猪去集市上卖,可他走到半路,一个不慎,摔了一跤,装着小猪的口袋掉了下来。小猪从口袋里挣开,钻进了庄稼地里,使他不得不空手而归。他内心无比郁闷,回到家里,被老婆指着鼻子大骂了一顿后,他一怒之下,揣了一把凶器走出家门,想要去抢劫。

他的抢劫目标是这样一户人家——两口之家,家境殷实,丈夫在外经商未归,家里只有妻子一人,而她又怀有4个月的身孕。在去抢劫的路上,他制定了抢劫计划,甚至冒出要把那

扛着问号走路的人

个孕妇杀死的念头。

可在经过村头时,他看到了傻瓜正在满头大汗地用毛巾拧水喝,顿时觉得有趣,心中的郁闷也缓解不少,杀气也消解了一些。他不知不觉就被傻瓜的行为吸引过来了,站在围观的人群中,想看看傻瓜到底能喝几滴水,看着看着,不禁跟着其他看热闹的人一起哈哈大笑起来,于是他就这样一直看到天黑,忘记了要去抢劫的事情。

而等到傻瓜表演完毕,他才想起要去抢劫的事情,可不料,他赶到那户人家一看,在外经商的丈夫已经赶回家,他再也无机可乘了,只得悻悻而回。

傻子的灵魂看到这一切,这才觉得心里稍稍舒服了一些。至少,他不再觉得愤怒。

上帝看着他,说:"你在这场看似愚蠢荒诞的表演中,不知不觉改变了那个孕妇被杀的命运,也改变了那个孕妇肚中孩子的命运。而今,这个孩子,已经是一位众所周知的大人物了。难道你不觉得有意义吗?"

那个灵魂听后,低了下头,可他心里还是觉得有些不满。他嚷嚷着说:"我的人生意义是建立在堵塞了我的智慧、牺牲我个人幸福的基础上的,这样的代价也太高了!"

上帝又笑了,说:"虽然表面上看是对你有些不公平,但倘若你不被堵塞了智慧,你还会那么做吗?人生何其微妙啊,哪怕一句不足道的话,一次不经意的相逢,都有可能改写一个人的命运。因为你的那次让人嘲笑的行为,那个孕妇肚中的孩子保存了性命,并且通过他的努力成了一个大人物,而今他诸事皆顺,可却无子嗣继承他那富可敌国的家业,而你的来生,就是那大人物唯一的孩子。这样一看,你还要为自己的那些所谓的愚蠢行为抱怨吗?"

我们都是善良的羊

"我们是一群善良的羊",这句话不是我说的,而是我们头领的口头禅。而今,我们这群善良的羊在头领的带领下,去寻觅新的草原。

一路上,我们历经了种种艰辛,例如在穿越狮子的领地时,我们的头领不得不和狮子达成了协议:狮子每天可以捕捉我们4只羊,而我们不得有丝毫抵抗。就这样,我们以每天少4个成员的代价,换来了集体的安全,成功穿越那片死亡领地。

我们也曾穿过一条河流,在面临激流汹涌的河流时,头领眯缝着它那双细狭的眼睛,冷静地说:"我们需要合作。"合作的对象是鳄鱼,头领独自和鳄鱼谈判,所有羊都静静地站在它的身后。我们不知道谈判的具体内容,只知道鳄鱼答应了帮助我们渡过河流。看着一批一批羊踩在鳄鱼背上顺利渡过时,羊群欢呼阵阵,大家对头领充满了感激,对那些鳄鱼充满了感激。没有想到,最后一批羊渡过来时,到了中间,所有鳄鱼张开血淋淋大嘴,朝那些兄弟姐妹咬去,眼看着河流瞬间成了血河,而我们对鳄鱼的感激也成了仇恨。我们愤怒地看着头领,头领只是淡淡地说:"别忘了,我们是一群善良的羊。"

是啊,我们是一群善良的羊,我们的牙齿不够锋利,我们的羊角不够尖锐,而且吃的也仅仅是草,不是肉,我们有什么资本去和狮子、鳄鱼这种凶猛的动物谈判?只有妥协,只有牺牲。也许,头领是对的,它也是为了整个羊群能够生存下去。

当然,无论哪次牺牲,都不包括它以及它的家人。这让我不得不龌龊地想,也许,对于我们的头领来说,集体的确是第一位的,因为只有羊群存在,它才能是头领,它才能牺牲集体里的其他个体来换取自身的安全。

如果下辈子我还是做羊，我希望我的父亲是个头领。

以牺牲了四分之一羊群为代价，我们这群善良的羊渡过了这条河流，在头领的带领下，继续往前走。然后，我们穿过一条沼泽，经过一片灌木林，我们都没有遇到什么危险，直到一只年迈的老鬣狗的出现。

它瘦得皮包骨头，肚子瘪瘪的，眼睛里充满了眼屎，一看那个落魄的样子就知道是被某个鬣狗家族驱赶出来的，不得不到处流浪，不知道哪天就会倒毙，魂归草原。

最初，我能看出来，它是胆怯的，根本不敢太靠近我们这群善良的羊。虽然我们很善良，但毕竟，我们羊群里一些年轻强壮的羊的角也是十分尖锐的，对体弱年迈的它来说，看起来也具有一定杀伤力。

一天，两天，三天，它如影随形，一直远远地跟在我们羊群后面。我们吃草时，它就趴在远处观望，目光一直在几个弱小的羊羔身上游走不定，羊群里的每一个成年成员都知道它是在等待机会，等待我们羊群懈怠。几个负责安全的强壮的羊向头领申请，要主动出击，赶走这只讨厌的鬣狗。那时候，头领正在吃着肥美的草，只是冷冷地说："我们只是善良的羊群。"

到了第四天，那只老鬣狗不知道从哪里弄了一只死耗子，美美吃了起来。不料，飞来了一只秃鹫，只见那秃鹫一扇翅膀，竟然把那只老鬣狗给扇倒在地上。它不得不让了那只死耗子，哀号着狼狈逃窜。这个场景，看得那几只强壮的羊热血沸腾——这样一只被秃鹫一翅膀就能扇倒、随时可能倒毙路边的老鬣狗，我们羊群有什么好怕的？

它们再次向头领请求主动出击，驱赶这只老鬣狗，消除羊群的安全隐患。不料，头领沉思了半晌，说："不管怎么说，鬣狗就是鬣狗。我们都是善良的羊，斗不过它的。"

这一句话,听得那几只强壮的羊顿时泄了气。

就在这天晚上,灾难发生了。那只老鬣狗终于偷袭得逞了,它偷走了一只羊羔,而这只羊羔,不幸恰恰是头领最疼爱的小儿子。

头领终于愤怒了。它召集羊群,选了几十只强壮的公羊,告诉它们,今天要去追击那只看来奄奄一息的老鬣狗,去用尖锐的角为死去的儿子复仇。

不料,羊群沉默了半晌,一致回答:"我们都是善良的羊。"

向往大海的小鳄鱼

在亚热带的一个原始森林里,有一个多水的沼泽,沼泽里充满着腐败的植物,适合一些鱼类和蛙类繁殖生息,其中,也生活着一些鳄鱼。鳄鱼们皮厚牙尖,成了这片沼泽地的霸主。

一日午后,一条小鳄鱼浮出水面晒太阳。这时,飞来一只海鸟,落在不远处栖息。小鳄鱼悄悄溜过去,想将那只海鸟变成一顿美餐。于是,它只将眼睛和鼻子露出水面,悄悄地向猎物移动。不料,没有等它靠近海鸟,就被海鸟发现了。海鸟扑闪了一下翅膀,神情高傲、语气充满轻蔑地对它说:"嘿,你这只没有见过世面的小土包子,想干什么?要知道,我可是从很远很远的大海飞过来的!"

小鳄鱼听后有些惊奇,它问:"什么是大海?它在哪里?"海鸟高傲地说:"我告诉你,大海宽阔无边,里面有很多美丽的东西,有漂亮珍贵的珍珠,有各种美味的食物,还有各类新奇庞大的鱼。鲸鱼你见过吗?你们这个小小的沼泽一条鲸鱼都盛不下……对于无边无际的大海来说,你们所居住的沼泽,简

扛着问号走路的人

直就是一条臭水沟。"小鳄鱼听后，内心充满了无限的向往，它问那只海鸟："大海真的这么美丽？我也想到大海去看一看，就是不知道，怎么才能到达大海。"

海鸟看着它，嘲笑着说："你们这些丑陋的生物，只配在这条臭水沟里待着，终老一生。想去大海，你还是别做这个梦了吧。"说完，它展翅欲飞，离开前留下的最后一句话就是："我所飞往的方向，就是大海所在的方向。不过，你是无法到达的。"

小鳄鱼看着海鸟消失的身影，被那个遥远而美丽的大海吸引住了，它决定，一定要去看看大海，见识一下大海的宽阔与美丽。于是，它辨认了一下海鸟飞过的方向，然后朝着那个方向，踏上了它的理想之路。

就这样，小鳄鱼爬出沼泽地，顺着一条小溪，来到一条大河，顺着河流，一路向大海的方向游去。累了，就躺在阳光下晾晒一会儿肚皮，歇息一下；饿了，就捕捉一些小鱼小虾充饥。每当精疲力竭的时候，它总会这样鼓励自己：我要做一条有理想的鳄鱼，一条见证大海的宽阔的鳄鱼，我不要再苟活在那个充满恶臭气息的沼泽里，大海才是我理想中的真正的乐园……

日复一日，小鳄鱼坚持不懈，终于游出了这条大河，在河水的尽头，它看到了大海。啊，一切都如那只海鸟说的那样，大海广阔无边，一眼望不到头，海浪奔腾，各种海鸟在空中盘旋，各种小鱼在海水里畅游，真是完美的天堂。

它兴奋地一头扑进大海，一股别样的气息迎面而来，它有别于沼泽地那种充满各种腐败植物的气息，有些腥气，有些刺鼻。小鳄鱼真的有些不习惯，但它自我安慰，也许，这只是水土不服，时间长了会好一些。谁知道，过了一会儿，它感觉全身疼痛，这才发现自己身上的那坚硬无比的鳞片在海水的浸泡下，竟然开始一片片脱落。这下，它感觉有些恐惧了，急忙游出大海，退回到大河，顺着原路，垂头丧气地回到了沼泽地。

一位年老的鳄鱼，听说了这件事后，特意过来看望它。它看着小鳄鱼脱落了鳞甲的地方露出的猩红的肉，苦笑着说："你这个愚蠢的孩子，我们鳄鱼只能生活在淡水中，而海水是咸的，那根本不是我们应该生活的地方。"

小鳄鱼听后，眼睛里顿时流出了一串串珍珠般的泪水，但它丝毫不后悔，因为它毕竟通过自己的努力，见到了美丽的大海。

 最后一只猴王

在这片原始森林中，居住着一群猴子，它们吃水果，钻山林，在阳光下跳跃飞纵，日子过得倒也逍遥快活。

猴子们每两年就会举行一次比赛，它们经过一阵撕咬后，选出胜出的为猴王。猴王享有很多特权，不但能吃最好的水果，还能住上最好的树洞，下雨天，猴王不用出树洞，也会有猴子们采摘野果来孝敬。

一连百年，猴群在这片森林里安居乐业，繁衍生息。直到有一天，一阵尖锐的枪响突然从这片天空穿过，随后，只见它们的老猴王从一棵高高的桃树上坠落下来，弄得尘土飞扬。

变故突生，猴群惊散，四处逃奔。

这不是一个偶然事件，而是猴群灭族之灾的开端。那是一个从远方来的猎人，他专门猎杀猴子，取猴脑卖钱。并且，他专拣那些肥大壮硕的猴子捕猎，这样，能卖出更好的价钱。

从那以后，枪响接二连三，每次枪响，总有一只猴子应声倒下。那可怕的枪声，在森林间回荡，成为猴群的催命符。

老猴王死后，群猴无首，它们不得不提前举行比赛，选出

扛着问号走路的人

新的猴王。只是，这次比赛，群猴都提心吊胆，心不在焉，耳朵警觉，随时提防那个神出鬼没的猎猴人。

新的猴王选出了，它身体强健，毛皮油亮，可以轻易从一棵树纵跃到另一棵树。枪声日益频繁，猴群的成员在迅速减少。

那天，新猴王站在树冠上沐浴着阳光，它微闭双眼，沉醉在自然的天籁中。突然，"砰"的一声枪响，它猛然惊醒，这才发现，那只整天跟在它身后的母猴子已经坠落地下。它一阵悲戚，仰天悲鸣，纵身下树，想要背起那只母猴子逃离险地。

可随后紧接而来的两声枪响，终究吓破了它的胆子，它畏缩了，看了那已经倒在血泊中的身子，想起了曾经的缠绵，含着泪水，转身逃窜了。

接下来的两天里，它不吃不喝，坐在树枝上，呆呆望着太阳升起又落下。

第三天，枪声再次从森林里响起。猴群继续逃窜。

它眼冒怒火，借着树丛的遮蔽，向枪声响起的地方，悄悄靠近。

它已经决定，这场灾难，就从自己身上终结。

"砰！""砰！"枪声接二连三地响起，伴随着得意的笑声，伴随着中枪的猴子绝望而痛苦的惨叫声，伴随着逃生猴子的惊恐声，它悄悄靠近，靠近，离目的地越来越近。

终于，它第一次看到了他。

他戴着一顶毡帽，穿着背带服，高筒马靴，吹散了手里枪管中冒出的青烟，正准备填装第四粒子弹。

它隐藏在茂密的树叶后，纹丝不动。伴随着又一声枪响，一声悲惨而绝望的叫声划破了死寂。它看到他将它的同类拖在一处，然后扔在车厢上。

在他将要钻进驾驶室内时，它突然晃动了一下面前的树枝，并发出挑衅似的叫声。

016

果然，这吸引住了他。他转身下车，装好猎枪，高举在前，顺着声音，谨慎地来到它面前。它就这样，不逃不避，静静地等他到来。

他看着它，脸上露出贪婪的笑，随后，他举起了手中的枪……

它看着他，脸上露出凄厉的怒，随后，它从树冠腾空跃起……

枪响了，它觉得身躯一阵剧痛，它明白自己中弹了，可那仇恨驱使它用尽最后一丝气力，扑落在他身上，锋利的爪子落在他脸上，喉咙上，很快，他就面目全非……

这次，仓皇而逃的不再是猴子们，而是手持猎枪的他，他努力挣扎，企图摆脱掉身上的那只猴子，可却无济于事，那只孔武有力的猴子，仿佛毒蛇一般，双臂紧紧缠绕着他的身体，在锋利的牙齿靠近他喉管的瞬间，他看到了死神挥舞着镰刀，降临到他的身上……

就这样，它和他死在了一起。很久后，猴子们才胆战心惊地靠拢过来，看到这惨烈一幕，它们仰天悲啸。从此，这个猴群再次安定下来，但再也没有选出新的猴王。

拴不住的狗

有个地主养了一条狗，很是凶猛，经常追逐院子里的家禽不说，遇到陌生客人进来，还扑上去撕咬。于是，地主就让管家天黑之前一定把那个狗给拴住，免得惹祸。

管家得令后，将这件事情交给自己的两个手下去办。他们一个叫王大，一个叫周二。王大和周二领命而去，牵着那条狗，想找个地方拴住它。不料，他们在院子里转来转去，没发现有

扛着问号走路的人

合适的木桩，院子里的那些木桩，要么太细、要么太粗。细的拴不住狗，那狗一挣扎就倒了；粗的过于粗了，立在那里，处处碍事。于是，他们决定先去砍伐一棵树，做成一根合适的木桩。

王大和周二带着斧头、锯等工具，上山去找适合做木桩的树。找了半天，好不容易找到了，他们发现斧头和锯都生锈了，半天也砍伐不下来，于是，二人决定下山，回去找一块磨刀石，来打磨斧头和锯。

两个人忙碌了半天，也没有找到那块旧的磨刀石，无奈之下，只好出门去买一块新的磨刀石。可他们来到集市上，左等右等，也没有等到那个卖磨刀石的。两个人向别人问了一下，得知那个卖磨刀石的人距离集市不远，于是，两个人决定要到卖磨刀石的人家里去买。

这样，两个人满头大汗，奔到卖磨刀石的人家里，却发现这家人正在办丧事，原来，卖磨刀石的人早晨去世了。这下，两个人傻眼了。

不过，还好，等卖磨刀石的儿子听完他们两个人的来意后，抹了下眼泪，表示，愿意免费送他们一块磨刀石，但他有个要求，因为正在出殡，缺少人手，所以，要他们帮忙抬一下棺材。

就这样，周二和王大加入了抬棺材的行列。等他们为卖磨刀石的人送完殡，拿着磨刀石回来，正打算磨斧、锯时才发现，那条狗已经被地主给打死了。

原来，就在他们给卖磨刀石的人抬棺材的时候，这条狗又惹祸了，竟然将地主最疼爱的小儿子的大拇指咬掉了。

舅爷的骆驼

舅爷是个"生意精"。在我很小的时候，他就天南地北地跑，走街串巷地叫卖各种小饰品、小家电什么的。等我上了初中，舅爷也许觉得年龄大了，也许觉得累了想歇息一下，就托朋友从遥远的沙漠买了一只骆驼，在附近一个旅游景点，靠给人照相赚点儿钱。

我见过那只骆驼，并且和它合过影。我看到它的第一眼，就觉得它已经很老了，按照人类对年龄的划分，可以用"古稀之年"来形容了。

舅爷的生意很好，游客来来往往，都对舅爷的骆驼表现出很大的兴趣，纷纷要和它合影。骆驼屈起前腿，跪在地上，平静地望着来往的游人，顺从地任由一个又一个来拍照的游客不断地从它身上爬上来又爬下去。我看到，它的两个有些干瘪的驼峰已经毛发稀疏，露出发亮的枯皮来，想来那些毛发是被众多往来的游客给磨没了。

舅爷为了招揽生意，还特意制作了一个简陋的广告牌。他用黑漆刷了一个桐木板，木板上用粉笔字写着广告语："和骆驼合影10块，乘骑骆驼20块。"

我骑过那只骆驼。我坐在它的两个驼峰之间，牢牢抓住它的前驼峰，觉得它身上富有柔软的弹性。舅爷十分喜欢我，他给我拍过很多和骆驼的合影，各种各样姿势的都有，有的手足舞蹈，有的故作娇气，有的对镜自怜样，还有的仅仅就是做各种鬼脸……其中有几张，还被他作为吸引其他游客的广告照片拿来展示。

舅爷的骆驼很温顺，虽然脖子里套着绳子，可我从来没有

扛着问号走路的人

见过舅爷把它拴在树上,舅爷也从来不曾打骂它。在没有生意的时候,舅爷挎着相机,闲坐在骆驼旁边,摸着那只骆驼的脖子,抚摸着它的皮毛,一遍又一遍。

那个时候,骆驼显得特别温顺,眼睛清澈得可映出人影。它的目光仿若穿过了热闹的人群,穿过了青翠的群山,穿越了繁华的城市,穿越了辽阔的平原,直接随风飘到那荒芜辽阔的沙漠,飘到那昔日行走在沙漠中的岁月。

有一次,我路过那个旅游景点,顺路去看望舅爷和他的骆驼。

不料,我发现舅爷躺在一棵大树下呼呼大睡,而那只原本应该陪伴着他的骆驼不见了踪影。我急忙将舅爷推醒。舅爷醒来,发现不见了骆驼,并不着急,不慌不忙地说,它跑不远,我知道在哪里。

然后,舅爷不慌不忙地起身,轻车熟路地去找骆驼。

我觉得很纳闷,跟在舅爷身后,来到一处施工的工地。

我觉得有些莫名其妙。舅爷的骆驼怎么会跑到这里来呢?

那些在工地上忙碌的人,显然已经和舅爷熟识,他们纷纷和舅爷打招呼:"又来找你的骆驼了?"舅爷笑着点头,说:"是啊,是啊,估计我这老伙计的确是想家了。"

舅爷的骆驼真的在这个工地上找到了。

我看到它的时候,它正卧在工地上的一个沙堆上,双腿跪着,目视着沙堆,好像陷入了一场无尽的相思。

舅爷走上前去,牵了它脖子里的绳,拍了拍它的脖子,说,起来了,伙计。

于是,那只骆驼便慢慢起身,站起,跟在舅爷身后,悠悠回转。

我突然有些同情舅爷的骆驼。我想,它本不应该属于这里,而今却不得不出现在了这里,它肯定是寂寞的,孤独的,无助的,它对家乡沙漠的全部思念,都表现在它对那堆沙子的眷恋上。

神奇的能力

有个孩子，在4岁那一年莫名其妙具备了一种神奇的能力——竟然能听得懂小动物的言语。最初，他并没有意识到自己具备了一种多么震惊世界的能力，以为所有的大人都和他一样，也都具备这样的能力呢。所以，他常常会对他的奶奶说自己听到的那些动物的话，如："奶奶，奶奶，我听见咱们家的那只大花猫说，它在河边看到一条大鱼，结果抓了半天，也没有抓到，气得它把自己的胡须都咬断了好几根。"奶奶听后，只是哈哈一笑，以为那只是孩子的幻想，从来没有当真。可是，她某一天无意间注意到，那只趴在她膝盖上熟睡的大花猫脸上的胡须真的有几根断掉了，看上去显得有些滑稽，这才想起了孙子说过的话，于是，奶奶就留心起来了。

这天，这个孩子又对奶奶说："奶奶，奶奶，咱家的小黑狗去偷吃邻居家的鸡蛋，被邻居家那两只长脖子鹅给拧了出来。"奶奶听了，就接着孩子的话问："那小黑狗偷吃到鸡蛋了吗？"孩子一愣，说："我还不知道呢，我要再去问问那只芦花鸡，是它告诉我的。"说完，孩子蹦蹦跳跳地走了。奶奶笑了笑，也没有在意。

不多会儿，孩子又回来了，身后跟着家里的那只小黑狗。奶奶笑着问："怎么样呢，打听出来了吗？"孩子转身看了看那只小黑狗，说："小黑，你先出去。"小黑狗摇头摆尾地赖着不走。孩子用脚踢了小黑狗，赶它走，可它却跑到奶奶脚下，用身子亲昵地蹭起奶奶的裤腿。奶奶笑着说："好啦，好啦，你还怕它偷听啊。"

这次，孩子将嘴巴附在奶奶耳朵旁边，悄悄地告诉奶奶说：

扛着问号走路 的人

"那只芦花鸡说,小黑狗偷吃了好几次人家的鸡蛋呢。嘘,奶奶你也小声点儿说话,不要让小黑狗听见。"奶奶看了看小黑狗一眼,小黑狗正蹲在旁边,摇头摆尾地看着她呢。她心里一动,大声说:"你说咱家的芦花鸡告诉你,小黑狗偷吃了人家好几次鸡蛋了?那我可要好好管教下这只小黑狗。"她想得很简单,要是孩子说的是真的,而小黑狗又能够听懂她的话,那么小黑狗就会逃跑。可事实上呢,小黑狗仍旧老老实实地待在原地,依旧摇头摆尾的一副讨好主人的模样。

奶奶松了口气,想自己也真是老糊涂了,差点儿会相信小孙子能听得懂动物的话。

孩子没有想到奶奶会用这么大声音和她说话,顿时急了:"奶奶,我答应过芦花鸡替它保密的,这下小黑狗知道了,那只芦花鸡可就惨了。"

奶奶一笑,说:"好啦好啦,奶奶给你保证,小黑狗不会找芦花鸡报仇的。"她想了想,找了根皮带,做成了一个围圈,套在小黑狗脖子里,将小黑狗拴住了,这样,贪吃的小黑狗就不会再跑到邻居家偷吃人家的鸡蛋了——因为前几天邻居的确对她说过鸡蛋常常莫名其妙地丢失的事情,贪吃的小黑狗具有一定嫌疑。

小黑狗一副很乖巧的样子,任由奶奶将它拴在院子里的一棵石榴树上,然后卧下,呼呼大睡。

孩子看着这一切,这才放心了下来,至少,他不用再担心小黑狗会找芦花鸡的麻烦。

很快,天黑了下来,孩子和奶奶都熄灯睡熟了。熟睡中的小黑狗睁开了眼睛,眼睛放出凶恶的光,它前肢蹬地,将身子拼命往后退,很快就将系住脖子的皮套给脱了下来。它伸了个懒腰,来到鸡窝,找到了熟睡中的芦花鸡,恶狠狠地一口就咬在了芦花鸡的脖子上,把其他鸡都吓得缩成一团。

第二天，天亮了，孩子看到院子里石榴树下脱落的脖套，他预感到不妙，急忙跑到鸡窝旁，就看到了躺在鲜血中的芦花鸡。

很快，奶奶也看到了这一切。这下，奶奶终于相信了孩子能听得懂动物的语言了。她安慰孩子说："孩子，别伤心，你问下其他的鸡，看看那只小黑狗跑到哪里去了，咱们找到后，狠狠责罚它。"

孩子听后，更加伤心，他难过地说："奶奶，我现在已经听不懂它们的话了……"

月季园里的牡丹

不知道主人怎么想的，也许是一时心血来潮，他在自己的月季园里，栽植了一棵牡丹。

月季园里自然都是各种各样的月季花，现在突然多了一棵牡丹花，于是，众多的月季花自然议论纷纷，表现各异：有的嘲笑，有的敌对，有的冷眼以待，也有的微笑着主动和牡丹花交往。

可是，无论是来自众多月季花们的嘲笑，还是敌意、示好，牡丹花都一概不理不睬，它只是以一种玉洁冰清的样子，冷漠对待。因为，它始终觉得自己是花中之魁，是被主人移植到这里，来统领这块领地的，包括这块领地上的各类花草。

时间长了，那些月季花们就觉得牡丹花是故作清高，爱摆谱，于是，它们便将它孤立起来。

这样，整个月季园中，所有的月季们都形成了统一战线，纷纷嘲笑那株牡丹也许只是徒有其表，不一定会开花呢。而那株新来的牡丹花，站在众多的月季丛中，显得越发孤寂了，它

扛着问号走路的人

开始忧伤地想："这样的日子，不知道什么时候是个头。"

一天清晨，牡丹花看着月季们的热闹，正在自我伤感的时候，从身下传来一个胆怯的声音："你好，尊贵的牡丹，我能和你做个朋友吗？"

牡丹低头一看，这才发现，不知道什么时候，在自己的植株旁长出了一棵不知名的野花，弱小的茎上长着两三片细小的叶子，一副弱不禁风的样子。

百无聊赖中，牡丹想了想，便放弃了自己的高贵和矜持，它说："好啊。"

于是，就这样，这棵无名的野花就和牡丹成了好朋友。无名的野花显得十分自豪，它常常守在牡丹身边，陪它聊天。牡丹也向它倾诉自己的苦闷，和自己有朝一日将繁花似锦、夺得花魁的梦想。

由于野花的出现和陪伴，牡丹逐渐摆脱了被月季花们孤立的阴影，它的心情变得舒畅起来，自然长得越发枝繁叶茂。

很快，春天到来了，牡丹花为了向众多的月季们展示一下自己的美丽，每天都在努力地生长，不肯放过任何的养料和水分。每天早晨，它都将自己的枝叶全部舒展，尽可能多地接一些露水，这样，它长得越来越大，直到它的枝叶完全将那棵无名的野花遮盖住。

花季到了，牡丹怒放，硕大的花朵雍容华贵而不失傲骨不染尘，身躯富丽堂皇而又挺拔有致，顿时吸引了主人的目光，引得主人连连赞叹："果真是国色天香，无愧花中之王。"

听着来自主人的赞叹，牡丹非常高兴，它挺拔了自己的身躯，而那满园的月季们则显得更加黯然失色。

这时候，一个微弱的声音从它身下传来："恭喜你。"

它循声望去，这才发现原来是它唯一的好朋友，那棵无名的野花在和它说话。那棵野花已经面黄肌瘦，气息奄奄，好像随时都可以死去的样子。

牡丹急忙问它怎么了,那棵野花露出最后的微笑,说:"我知道你有个梦想,看到你梦想实现,我很为你自豪。整个冬天里,我都没有吸取周围一丝的养料,我知道,你的梦想的实现,需要那些养料,而我不能和你争夺……"

听着那棵野花的诉说,牡丹这才发现自己的自私,自己只顾得为了追求自己的梦想,为了打败所谓的敌人,为了获得所谓的荣光,早就在有意或无意中抢占了自己唯一朋友生存的养料和水分。

老鹰和麻雀

在古罗马有一个高傲的诗人。某天,他碰到一个诗友,这个诗友激动地告诉他,自己的新诗歌得到了古罗马诗歌组织的欣赏,有关领导决定要把一个重要的诗歌奖项颁发给他,现在,他收拾行装,要去首都领取那个奖金了,并盛情邀请他同行。

高傲的诗人听后说,那不过是一群麻雀在开一个分食谷子的小会,我作为一只雄鹰,去参加那样的会议做什么呢?会有失我雄鹰的身份的。诗友听后,很不高兴,于是不辞而别了。

于是,很快,在那个诗友有意地煽动下,那个高傲的诗人,关于麻雀和老鹰的言论,很快就传遍了古罗马诗歌界,大家都觉得这个诗人太孤芳自赏、自以为是了。其中,负责颁奖的诗歌组织负责人听了,微微一笑,说,只要一把小米,雄鹰也会变成麻雀飞过来。

大家不信,那个诗歌组织负责人说,你们等着看吧。

扛着问号走路的人

第二年，那个诗歌组织公布出了新的诗歌奖项，那个高傲的诗人名列其中。

到了颁奖的时候，只见那个高傲的诗人，一脸兴奋地站在领奖台上，等待颁奖。

那个负责颁奖的诗歌负责人，在对那个高傲的诗人颁奖的时候，风趣地说，哦，欢迎高傲的老鹰，来参加我们这群麻雀的盛宴，这是您的谷子，请领好。

高傲的诗人听后，满脸通红。

 荒　岛

他是一名船长，在一次航行中，不幸遭遇风暴，暴风掀翻了他的船，巨浪拍裂了他的船。他牢牢地抓住了一块破碎的船板侥幸逃生，随波漂流，来到一片荒岛上。

荒岛上生长着茂密的原始森林，居住着一个原始部落。他壮着胆子，走近那些原始居民的营地，企图找到一些可以果腹的食物。但不幸得很，他很快就被那些原始居民发现。几个披着树叶的壮年原始人，手持棍棒、石斧，将他押送到了部落族长面前。

一路上，船长都在沉思，怎么才能从这些原始人手里逃生。他想起口袋里还有一个打火机，于是当他见到那个族长后，急中生智，从口袋里掏出打火机，打着了火苗。他的这个动作，可把那些原始居民吓坏了，他们纷纷躲避开来。船长用各种手势向他们表示，自己没有恶意，并且可以教他们用火。

这样，船长很快就教那些原始居民如何使用火，并用火为他们烧烤猎来的各种食物。随后，他为了进一步博取那些原始居民的信任，又费尽心思教他们利用一些建筑材料，建筑一些更加安全精美的房屋，并且还改良了他们捕猎的工具，教他们如何把寻觅到的含铁量高的矿石打造成更加锋利的刀斧。

很快，在船长的带领下，这个原始部落就摆脱了挨饿受冻的困境，而船长也暗自松了一口气，他觉得自己也得到了这些原始居民的信任。并且，他大致懂得他们的语言，会说上一些他们的土语。

有一天，船长看到海上有一条船经过。他大喜过望，急忙点燃一些柴火，燃起滚滚黑烟，以期引来那条船将他解救回去。

果然，那条船上的船员们看到这个荒岛冒起的黑烟，报告了他们的船长，船长下令改变航向。很快，那艘船就朝着这个方向驶来。

于是，他望着那艘正驶过来的船，站在高处兴奋地挥舞着手里的衬衫，高呼着。他知道，自己终于要离开这个荒岛了。

无意中，他发现身后竟然站了很多原始居民。他发现他们眼睛里露出凶光，手里持着锋利的石刀石斧，向他逼来。他从他们眼中，看出一种捕猎前的杀气，显然，他们已经把他当作了猎物。船长有些不解，他急忙用土语问他们的族长，这究竟是怎么一回事呢？

族长一声不吭，只是摆了一个手势，很快，几个粗壮的原始居民扑了上来，将船长按倒在地。

船长大声说，我来到这里，给你们文明，领你们进步，难道你们就这样报答我？你们可真是一群忘恩负义的野人啊，没有良知！

不料，那个原始居民的族长听后，困惑地问他，什么是良知啊，你并没有教给我们。

扛着问号走路的人

这时，船长才恍然大悟，悔恨不已。是的，自己是教他们取得不少进步，给他们打开了一扇物质文明的窗口，可是自己却从来没有提高过他们的精神修养，他们的心态仍旧是停留在原始人的阶段。

歪嘴的国王

从前有个王国，他小时候犯过一场重病，抽过一段时间的风，好不容易寻找到良医，虽然保住了一条命，却落下了一个毛病：歪嘴。

歪嘴国王很忌讳别人说他的这个毛病，尤其痛恨别人在他面前提"歪嘴"两个字，到后来甚至连"歪"、"嘴"之类单个字也很忌讳。有一次，他吃水果，因为歪嘴，水果汁往下巴上流，于是，王后递给他一条精美的擦嘴巾，说，请大王您擦擦嘴。他竟然勃然大怒，说王后嘲笑他的歪嘴，下令将王后关到冷宫，禁闭了3个月。

从那以后，皇宫里的那些太监宫女们，就连做梦说梦话，也都不管吐出半个"嘴"字。大家平时说话，遇到"嘴"字，实在绕不过去，就用"口"来代替。而遇到说"歪"的时候呢，就用"不正"来代替。例如，一个太监对另一个太监说："你那帽子不正了。"于是，另一个太监就知道自己的帽子戴歪了。

这样，歪嘴国王很满意，时间长了，周围的人再也没有谁敢提诸如"歪"、"嘴"之类的字，他自己也就渐渐地忘记了自己有歪嘴的毛病。

有一天，歪嘴国王心血来潮，觉得自己年龄渐大，需要留下一些英武神明的画像，以供后人瞻仰。于是，他让宫里的画师给他画肖像。可一连让几个画师画了几十张，歪嘴国王都不满意，他总觉得那些画面上的那个戴着王冠穿着黄袍嘴巴歪斜的国王不是自己。他大发雷霆，将那些画师都驱逐出宫。后来，等他怒火稍稍熄灭一些，有个画家又冒死给他画了一张肖像画，这张画是一个侧面相，画面里的国王雍容华贵，眉宇间透着一股子睿智之气，最重要的是，从侧面看，他的嘴巴一点儿也不歪斜！

歪嘴国王看后，很是满意，于是他下令将这幅画多描摹一些，张贴到全国各个重要城市，以此向他的臣民们昭示国王的风采。

随着歪嘴国王的一声令下，很快，他的那张侧面肖像照张贴到了全国，大家围绕着那些张贴画，议论纷纷，都说，这画画得真好啊，他们的国王真是英武。

这天，负责张贴国王肖像画的那些卫兵们，来到一个最为偏远的城市，这是他们手中最后一张画像了，张贴完毕后，他们就可以回到京城，向歪嘴国王禀告他们一路的所见所闻，向他传递臣民们对他那张肖像画的无数赞美声。可以想象，他们的歪嘴国王，一旦听到这些赞美，将是多么的兴奋啊。

很快，最后一张画像贴出后，顿时引来了这个偏僻小城的轰动。卫兵们维持着秩序，只允许那些拥挤着前来观看国王画像的市民们排着队，一个个上前瞻仰。于是，那些市民们就规规矩矩地排着长队，轮到谁了，就一脸兴奋地走上前去，高声歌颂他们国王的英明神武。

轮到一个孩子上来了，他看得十分仔细，甚至还想用手去摸摸肖像的脸部。看后，他一脸困惑，好像脸上挂着很多的问号一般，紧锁着眉头，突然问旁边的一个士兵："这个就是国王吗？"

那个士兵回答说："当然，他就是我们尊敬的国王陛下。"

扛着问号走路的人

"可是，他怎么会长得这个模样呢？"那个孩子困惑地问士兵。

士兵有些不耐烦了，挥了挥手中持着的一根长戈，说："这就是我们国王陛下的画像，我们的国王陛下就是这样英武，小孩子，懂得什么，看完了就一边玩去。"说着，那个士兵就用手拉过那个孩子，企图驱赶他。

那个孩子挣扎了一下，扭身看了士兵一眼，嘟囔着说："国王明明挺好看嘛，为什么大家都叫他歪嘴国王呢？"

孩子的这句话，大家都听到了，顿时人群里发出一阵哄笑。

那个士兵有些急了，推了那个孩子一把，说："小小年纪，竟然侮辱国王，看你年龄小，就不和你计较了，还不快滚！"

不料，那个孩子竟然毫不畏惧，他眼睛一转，大声说："我明白了，是不是因为这只是一张侧面肖像，从侧面看，就看不到国王的歪嘴啊。"

他这么一说，顿时从围观的人群里爆发出更大的笑声。然后，这个孩子就钻进人群中，如鱼入大海一般，消失得无影无踪。

那个士兵本来想抓住这个孩子，可他却再也没有发现他，只好擦了一把额头冒出的冷汗，有些手足无措地站在那里，盯着国王的肖像画，觉得国王的嘴巴渐渐歪斜了……

三任养马官

在一个靠近原始森林边缘的地方，有一个王国。年迈的国王哈布勒统治着这片区域，他在位期间，励精图治，任用贤能，从国内选拔不少人才，并委以重任，大家都称赞他是位英明的君主。但随着他年事已高，处理事情就有些昏庸了，于是，他的臣下都小心翼翼地伺候着。

有一段时间，哈布勒生病了，整天不思饮食，大家都以为他会不久于人世。于是，就有些官员生了懈怠之心。然而，宫中名医云集，经过一番调理修养，哈布勒终于还是恢复了健康。这天，他想起自己好久没有去看那些心爱的马儿了，一时来了兴致，决定去看看自己的那些千里马。不料，等他到了马厩一看，发现马厩一片脏乱不说，他的那些心爱的马儿也一个个瘦骨嶙峋的。

原来，担任养马的官员叫阿贡达，他以为老国王哈布勒会一病不起，再也不会看到他的这些马匹，所以他就有了些懈怠。

老国王哈布勒抚摸着自己的爱马，勃然大怒，怒斥阿贡达说："难道你真的以为我再也看不到我的这些骏马了吗？"阿贡达吓得浑身冷汗，急中生智，一边伏地磕头，一边说："国王陛下啊，您这段时间大病一场，我做臣子的，每日为您的健康担忧，无时不在为您牵肠挂肚，所以，我这段时间的确没有将心思放在您的爱马上，请您治罪。"

话没有说完，他就泣不成声。

老国王哈布勒一听，一阵感动，急忙扶起阿贡达，说："没有想到，你身为一个养马的小官，居然还对我这么关心，可见你的一片忠诚啊。好，从今后，你就不用再做养马官了，我要

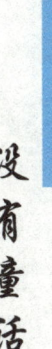

第一辑 没有童话的鱼

扛着问号走路的人

让你当我的大臣。"

于是，阿贡达很快成了一名位高权重的大臣，很受老国王哈布勒器重。

后来，接任的养马官特瑟坦听说了这件事，他开始盘算着，自己也要效法阿贡达，以求能够得到老国王的重用。

终于，机会来了，老国王再次重病，这次老国王病重的时间更长，好几次差一点儿没有熬过去。但最终老国王还是坚持着，从死神的镰刀下挣扎着，活了下来。病好后，老国王哈布勒心血来潮，他仍旧不放心自己的那些马。当他再次来到马厩时，发现马厩更脏更乱不说，还有一匹马几乎要倒毙在地上，奄奄一息。

老国王勃然大怒，他问养马官特瑟坦这到底是怎么回事。特瑟坦急忙扑上前去，哭泣着说："国王陛下啊，您这段时间大病一场，我每日为您的健康担忧，无时不在为您牵肠挂肚，所以，我这段时间的确没有将心思放在您的爱马上，请您治罪。"

说完这些话，特瑟坦内心得意扬扬，他以为国王会感动，然后会提拔他。

没料到，老国王沉思了一阵，挥了挥手，说："虽有一片忠诚之心，可免死罪。但失职之责，仍旧不可饶恕，拉下去，重打四十大板。"

特瑟坦一听，十分不服，他拼着命问老国王哈布勒，为什么同样的情况，阿贡达会升迁，而他会受罚呢？他不服。

老国王哈布勒想了想说："虽然我已经年迈，也有些昏庸，但这件事我还是可以看透的，如果我不惩罚你，反而继续奖励你，那么，我的这些骏马，估计要在第三任养马官手里饿死了。"

宠臣之死

国王还不是国王的时候,谁也不看好他,因为他的3个哥哥都是十分聪明能干的人选,而他却相貌平庸,为人孤僻,郁郁不得志,颇受排挤。好几次他都想要跳湖寻短见,幸好都被他身边的一个奴才给救下了。这个奴才善解人意,对他忠心耿耿,常常陪他谈天解闷。因此,他也就和这个奴才的关系非常好。

谁知道世事难料,他的大哥出征他国,失败战死,二哥不幸得病病死,而三哥呢,却又违逆了老国王的意思,惹得老国王大怒,畏罪叛逃他国,最后只剩下他一个王子了。老国王伤心过度,临死之前,不得不将王位传给了他。

等国王登上了王位后,他罢免了不少原先的大臣,重重提拔那个奴才,赐他高官厚禄不说,还常常在皇宫内宴请他,并且每次见了他,仍旧像原先那样,拍着他的肩膀,谈天说地。一时之间,那个奴才成了国王最信得过的宠臣。

宠臣高官厚禄,正是志得意满、权倾天下,身边很快就聚集了一些吹捧奉承他的门人。他常常对那些人吹嘘他和国王当年之间的关系是如何如何的铁,国王是如何如何的信任他。

有次,国王宴请宠臣,并赏赐了他很多金银财宝。宠臣喝醉了酒,回到家里,又吹嘘国王如何如何器重他。其中有个门人说,既然国王这么信任您,大人您为什么不给国王要一些兵权,手中有兵权,生杀予夺,一呼百应,那才真叫威风呢。

宠臣听后,觉得那个门人说的有道理。然后,他立刻叫人,抬着他去皇宫见国王,要兵权。就这样,醉醺醺的宠臣就再次来到了皇宫。他让他的门人在皇宫外等着,并且对他们说,我

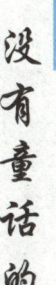

扛着问号走路的人

和国王那可是铁哥们,我要点儿兵权算什么,他肯定立马给我,你们就等着看吧。

国王本已经入睡,听到宠臣来了,又起身召见他。听到宠臣提出的要兵权的要求,他愣了一下,想起一些正直的大臣向他反映的一些问题,说宠臣恃宠专横,飞扬跋扈,有谋反的意图,如果再让他手里有了兵权,那可就不妙了。想到这里,国王目光变冷,他断然拒绝了这个无理的要求,然后命令侍卫,将宠臣赶出皇宫。

宠臣被狠狠地赶出了皇宫后,酒醒了一半,但他丝毫没有悔改的意思,反而觉得是国王不给他面子,让他在众多门人面前失了脸面,心里不由得暗自忌恨。

第二天,国王一觉醒来,思考昨天的事情,觉得自己做得有些过分。于是,就派人给宠臣送了重礼来安慰他,并答应宠臣,除了不给予他兵权外,其他条件都会尽量满足他,并且还封赏给宠臣最小的儿子伯爵的爵位,以示恩宠。

不料,宠臣却不知感恩,竟然很不高兴地说,真是当了国王,就忘了昔日我对他的恩情。假如没有我当初陪他共渡难关,他早就成为湖底枯骨了!哪里还有今天这般尊贵?难道我对他如此重恩,我的儿子,只值得一个小小的伯爵的位子?难道不值得一个公爵爵位吗?

宠臣这样一说,让那些奉命送礼来的侍卫面面相觑。很快,国王就听说了,他十分愤怒,气得手脚冰凉,坐在椅子上,半天无语。

随后的事情,就出乎宠臣意料了。

3个月内,他被国王连贬了十几级,并最终因为一点儿小事获罪,被发配到边防。在发配路上,养尊处优的宠臣哪里经受得住那般奔波,一命呜呼了。

而他的故事被后人写进了书里,以此警示世人,要进退有度,要感恩,要知足。

来自卡洛星的礼物

3030年10月10日上午，地球总统办公室电话铃声大作："两个小时13分钟之前，一艘来自外星的宇宙飞船降落在阿达利亚山，外星人携带一件神秘礼物来访！"

总统听后，迅速指示有关人员，举行了隆重的欢迎仪式。

从外貌上看，卡洛星人的确和地球人不同：扁平的脑袋上没有一根头发，也没有嘴巴，额头上长了一只绿色的眼睛。他们用4条腿走路，其中一条腿特别长，可以当触手用。当总统用宇宙语向他们的来访表示欢迎，并伸出手表示友好时，那个为首的卡洛星人就伸出了那条特别长的腿和总统握了握。后来，总统才知道原来那就是他的手。

为首的卡洛星人叫桑达夫，他介绍了他们卡洛星球的情况。那是个有着一望无际的平原的星球，没有沟壑，没有高山，没有森林，甚至连小小的丘陵都没有。卡洛星球上只有一个国家，星球居民不用工作，生来就可以靠阳光合成能量来维持生命。

"不工作？那你们靠什么打发时光？"总统听后，对卡洛星人很感兴趣。

桑达夫说："我们靠梦幻机器。"他示意随从拿来一台类似微型电脑装置的机器，一边谄媚地向总统解说，"这就是梦幻机器，它非常奇妙，能根据人们不同的需要，幻想出一切场景，可以让人们在各个场景中随心所欲，并且操作十分简单，您只需按下这个启动机器的红色按钮即可。"

总统好奇地按下按钮。

那机器立刻启动了，很快在总统的脑海中呈现了这样一幅画面：他站在地球之巅，俯身看到地球一片欣欣向荣，所有地

第一辑 没有童话的鱼

扛着问号走路的人

球居民欢呼总统万岁,有科学家呈给他最新研究出来的长寿药,告诉他只要服用,他就可以实现长生不老的梦想,永远做地球总统……

"看得出,您对这机器十分满意。"桑达夫适时地关闭了机器,"那么这台机器就赠送您了。不过,我有一个小小的请求,就是希望总统您能够同意这款梦幻机器在地球大规模投产,使得地球居民都能够享受这一梦幻般的感受。"

总统如梦初醒,于是,立刻在计划书上做出批示:"由政府出资,大规模投产'梦幻机器'。"

半个月后,"梦幻机器"正式推出市场。人们在体验了机器的神奇效果后,购买十分踊跃……

3个月后,"梦幻机器"销售掀起了狂潮,引发全球抢购……

半年后,"梦幻机器"已经成了地球人居家旅行、孝敬亲人、升官发财的生活必需品……

若干年后的某天深夜,桑达夫回到自己在地球的家,坐在舒适豪华的卧室里,对着电脑的超大屏幕洋洋得意地向屏幕那端的卡洛星球总统汇报:"报告总统,'梦幻洗脑'计划实施顺利,我们已经在地球销售了60亿台'梦幻机器',地球人基本上人均一台,已经完全沉湎于幻想中,他们没有了积极工作的心态,也没有了创造发明的激情!地球人现在每天就是靠'梦幻机器'打发光阴,地球文明连续5年停滞不前了,我们干得漂亮吧?"

卡洛星球总统满意地说:"桑达夫,你这次可立大功了,我们卡洛星球再也不用担心地球飞速发展的文明会威胁到我们卡洛星球的生存了。"

桑达夫端过酒杯,微笑着说:"我早就说过我的办法肯定有效,沉湎于幻想是阻止地球人进步的最好工具。"

第 二 辑　**瘦月亮，胖月亮**

幸福就在身边

夏阳6岁那年，一场突如其来的车祸使得他原本美满的家庭支离破碎：爸爸妈妈为了掩护他，不幸去世了。他成了一个孤儿，18岁之前一直在孤儿院长大。离开孤儿院后的一天，他走在荒凉的街道上，想着自己孤单一人，举目无亲，心情无比抑郁。

凭借着模糊不清的记忆，他回到了自己家。强行打开早已经锈迹斑斑的大门，看到原本温馨的家灰尘堆积、蛛网遍布，充满了破败气息。他看着墙壁上挂着的一张合家欢相片，细细擦了一下镜框。由于无人照顾，照片已经残破不堪，只能隐约看出爸爸、妈妈，还有6岁的他的样子……看着看着，他的泪水默默地流下来。他决定收拾一下，让这个家恢复光彩。

不料，在收拾房间的时候，他不小心碰到一个高高的书柜，年久腐朽的书柜再也支撑不住，倒了下来，砸在他身上，将他砸晕过去。深夜，他逐渐从昏迷中醒来，却发觉脑海里莫名其妙地多了两个陌生的声音。那两个声音属于一男一女，他们告诉他，要和他共用一个身体，只有帮他们完成他们生前的梦想之后，他们才能离开他。

他觉得无比痛苦，身为一个孤儿、在这个世界上孤苦伶仃，本来就已经够凄惨的了，而今，又被两个鬼魂纠缠，更加让他感觉痛苦不堪、人生无趣。于是他决定跳楼自杀，但奇怪的是，每次跳楼，在即将落地的瞬间，他总是能倒着重新飞回房间，他明白了，这是寄居在他身体中的两个鬼魂阻止了他。他只好无奈放弃，接收命运的安排。

男鬼说，他的心愿，就是要考上那所最著名的名牌大学，

所以，男鬼每天都要他花费大量时间去看书、做习题，背诵外语。女鬼说，她的心愿就是要练习钢琴，这样，他又不得不遵照女鬼的吩咐，把剩余时间用在弹钢琴上。

就这样，他不得不选择一个学校去做了插班生，重新读书。所幸，父母车祸后，遗留给他一笔财产，够他开销几年的。在以后的一年里，他的全部时间被男鬼女鬼安排得满满的，他整天疲于奔命，但为了早日摆脱他们，他不得不全力以赴，以求早日完成男鬼女鬼的心愿，好让自己从这场噩梦中解脱出来。

他的成绩由刚入学时候的班内倒数第一名，逐渐提高，最后拿了班级第一名。他的钢琴也弹奏得越来越好，在校庆演出上，获得全校师生热烈的掌声，并且有女孩子悄悄送他鲜花。但他冷漠地拒绝了所有的友谊，仍旧郁郁寡欢地走在校园里，因为他知道，自己一天达不到那两个鬼魂的要求，完不成他们的梦想，自己就不是一个正常的自由人。

高考到来了，考场一切顺利，成绩出来了，在他预料之中，他考上了国内最好的大学。钢琴等级测试成绩也出来了，他也通过了最高的十级考试，成为轰动一时的音乐天才。大家都说他的琴声里充满了一种魔力，这种魔力，总让人黯然心伤，情不自禁地回忆起那些已经去世的亲人。

他将大学录取通知书和最高级钢琴证书，摆放在桌子上，祷告说，已经帮他们完成了心愿，所以，他乞求寄居在身体中的那两个鬼魂永远离开，不要再干涉他的生活。

那两个鬼魂第一次现身了。看着他们虚无缥缈的面容，看着他们流着泪水的脸庞，看着他们望着他骄傲的目光，渐渐地，他将他们同6岁中记忆里的爸爸妈妈联系在了一起，他这才恍然大悟：他们就是他的爸爸、妈妈。

原来他们去世后，一直牵挂着他，一直不放心他的生活，一直不舍地离开这个世界，而今，看着他逐渐变得优秀，变得

第二辑 瘦月亮，胖月亮

扛着问号走路的人

成功,成为他们想让他成为的人,拥有了他们想让他拥有的生活后,他们终于可以放心地离开了。

其实,他一直都不孤单,幸福一直在他身边。

虽然爸爸妈妈已经永远离开了,去了天堂,可他知道,他的人生路还很长很长,而他不会让他们失望。

对着善良微笑

放学后,我在回家的途中,经过一家小卖店,看到门前卧着一只脏兮兮的流浪猫。猫半眯着眼睛,一副无精打采的样子,见有人经过,它就会抬起头来,朝着人"喵呜喵呜"地叫几声,似乎在乞讨着一些吃食。但来往行人脚步匆匆,没有人注意到这个可怜的小生灵。

直到她的出现。她大约有二十五六岁的样子吧,长得并不漂亮,衣着也不时髦,戴了一副黑色边框的眼镜,挎着一个白色的小包。最初她并没有注意到它的存在,从它面前走过了几步后,也许是从身后传来的叫声吸引了她,她回过头,看到了它。这时,我看到她立刻回头,转身蹲在那只猫咪面前,轻声说了一句:"可怜的小东西。"我看到,她脸上的神色充满了怜悯。

随后,她从白色包里掏出钱包来,在那家小卖店买了一根火腿肠,撕开,用手细细掰开,轻轻地放在那只猫咪面前。闻到了香肠的香味,猫咪顿时来了精神,一扫流浪的疲惫,显得十分开心的样子。它立刻起身,围绕着她的手转来转去,还不时地用身子去蹭她的手。也许,这是它表达感激之情的方式吧。

我站在旁边,静静地看着这一幕,脸上露出平静的微笑,耐心地看着她将那根香肠喂完。她也注意到了我，注意到了我的微笑，她也冲我一笑，然后伸手去抚摸那只猫咪。只是，那只猫咪也许已经习惯了流浪，已经疏远了人群，淡化了对人类的信任，并没有靠上去，而是躲避开她的抚摸。她愣了一下，收回了手，站起身来，冲着我说："真是可怜的小东西。"

我点了点头，微笑着回答："是啊。"她又笑了笑，对我说："再见。"

我和她告别，说："再见。"

然后，在这个有着暖暖夕阳的黄昏，出现了这样一幕：吃饱了的猫儿往东走，喂完猫的她往西去，而我呢，则站在原地，望着它和她渐渐远去，脸上依旧保持着微笑。

假如，我们遇到那些需要我们伸手的人或者动物，而我们没有伸出自己善良的手，没有用行动来表达我们的善良，那么，请你对着那些已经用行动表达善良的他人微笑。唯有微笑，才能表达出我们对这种善良的尊重和需求。

由此，我们才能让这个世界更加温暖宜人。

对于那只猫儿来说，今天真是不错的一天呢，不是吗？因为它遇到了善良的她。

对于那个陌生的女孩子来说，今天真是不错的一天呢，不是吗？因为她的出现，一只猫儿免遭了饥饿的袭击。

对于我来说，今天真是不错的一天呢，不是吗？尽管我只是一个旁观者，但我对着他人的善良微笑了。也许因为我的微笑，会有更多的善良出现。

第二辑 瘦月亮，胖月亮

 瘦月亮，胖月亮

邻居家有个小女孩，叫小萍萍，3岁的样子，穿着一身喜洋洋的粉红色连衣裙，显得十分乖巧可爱。只是，没有谁和她玩，每次放学后，我都看到她自己在离家不远处的一个小花园玩堆沙子。她拿一把小铲子，堆各种各样的沙城堡，有时候还用手指画各种奇形怪状的说不出名堂来的小动物。

这天，我回家有些晚了，匆匆行走在路上，正要进楼道时，突然从身后传来一个脆脆的声音："大姐姐，你说今天的月亮为什么这么胖呢？"

我回头一看，是邻居家那个叫小萍萍的小女孩。只见她忽闪着一双充满疑惑的大眼睛，向我求助，正在等着我给她答案呢。

我听后，看了看月亮。今天月亮的确是有些"胖"，很大，很圆，丝丝银光从银盘中倾泻而下，撒遍大地，将一切裹在它的亮光里。只是，我没有太多心情欣赏，因为我还有一些作业急着要回去做呢。所以，对于小萍萍的问题，我觉得很是幼稚，没有回答她，就进了楼道。

半个月过去了，又一次晚归。"姐姐，你说，今天月亮为什么又变瘦了呢？"我扭头一看，仍旧是小萍萍。我抬头看了看月亮，哦，今天的月亮弯如弓，挂在树梢之巅，旁边有几朵云在浮动。

小萍萍手里拿着一个啃了一半的苹果，正在一边往嘴边送，一边面带疑惑地问我。我心中突然一动，想起半个月前，我没有回答的那个问题。也许，关于月亮胖了又瘦了的这个问题，已经困扰这个可怜的小人儿很久了。

可月亮胖了又瘦了，这个问题，我怎么能对年仅3岁的她解

释清楚呢？难道我要告诉她是因为地球公转、自转之类的答案？

我想起自己小时候，一看到月亮出来，常常担心它夏天会热着，冬天会冻着，和今天的小萍萍是何其相似。也许，在孩子的眼睛里，世界总是那么神秘，疑问总是滋生在他们的小脑袋里。

我想了想，蹲下身子，对她说："那是因为月亮姐姐吃了太多好吃的，所以它就胖了，后来它想要变得更美丽，就减肥了，然后就瘦了。"

然后，小萍萍蹦蹦跳跳地欢呼起来："月亮姐姐减肥了，月亮姐姐减肥了。"在那银白色的世界里，她快乐得像一只调皮的小猫。

也许，这个解释不是很好，有些敷衍甚至误导的味道。但我想我没有错，因为我始终觉得等小萍萍到了明白月亮为什么会变胖变瘦的年龄，她自然会明白这一切。而现在，她只需要一个充满童话色彩的答案就好。

没有圣诞节的孩子

圣诞节这天，老师让孩子们排好队，然后给大家分发她带来的很多糖果、糕点。她一边分发，一边问孩子们："孩子们，你们知道这些礼物是谁送给你们的吗？"

除了一个孩子之外，其他所有孩子都异口同声地回答："是圣诞老人。"

"对，是圣诞老人给你们带了精美的节日礼物。所以呢，我们要赞美圣诞老人，感谢圣诞老人。"老师说。然后，除了那个孩子外，所有孩子们都跟着说："我们赞美圣诞老人，感

扛着问号走路的人

谢圣诞老人。"

这时，老师注意到了那个不说话的男孩子，她觉得好奇，就问他："难道你不喜欢圣诞老人送你的礼物吗？"男孩子迟疑了一下，说："喜欢。"老师接着问："那你为什么不赞美送你礼物的圣诞老人呢？"这次，男孩子毫不犹豫地说："老师，我的礼物不是圣诞老人送的，从来没有什么圣诞老人，他也从来没有给我什么礼物。"

老师听了，有些生气，不过，她仍旧心平气和地说："难道你从来不过圣诞节吗？难道你在圣诞节没有收到过来自圣诞老人的礼物吗？"

男孩子点了点头，说："我在圣诞节收到过礼物。我妈妈告诉我，那是圣诞老人给我的，可我不信她的话，因为我亲眼看到她是用给人家糊纸盒子挣的钱给我买的礼物。我的礼物，不是圣诞老人给的，是我妈妈给的。"

老师听后，受到触动，看着这个仍旧穿着单薄衣服的孩子，有些怜惜地拉过他的手，对他说："对，你说得对，那些礼物不是圣诞老人给的，是你妈妈给的。你妈妈就是你的圣诞老人。"

很快，这个消息传到了校长耳朵里。校长听了，勃然大怒，因为那些圣诞节的礼物是来自当地的教会，按照当时的风俗，是不允许这么说的，他决定找来那个老师和孩子，进行谈话。

校长将老师发给那个男孩子的糖果等圣诞礼物收回，然后他命令那个男孩子站在墙角，他说："圣诞老人只把礼物发给相信他的孩子，不信他的孩子，不但得不到礼物，还要受到惩罚。只要你认错，圣诞老人就可以原谅你。"

小男孩子走到墙角，他低着头，沉默了一会儿，突然仰起头，表情坚决地说："我不相信谎言，根本没有圣诞老人存在。我的圣诞礼物不是圣诞老人送的，都是我妈妈用她辛苦挣到的钱给我买来的。"

校长听了，无可奈何，只好打发他回家，算作惩罚。小男孩回到家里，感到十分委屈，他向妈妈讲述了在学校的经历，然后委屈地问妈妈："妈妈，我做错了吗？就是没有圣诞老人，为什么他们非要我相信圣诞老人的存在？为什么我讲了真话，他们就不发给我糖果，还要惩罚我呢？"

妈妈把他搂进怀里，心疼地说："孩子，你没有错。这个世界没有圣诞老人，也没有上帝，记住，只有靠你自己才能改变你的命运。至于他们为什么坚持让你相信谎言是真理，长大了你就会明白。"

小男孩听了这句话，似懂非懂，他握紧了小拳头，眼睛里闪动着智慧的光辉。后来，经过不懈的拼搏，他终于为了一个伟大的哲学家。

崔 姬

崔姬是我的同学。在入学报到那天，同学们做自我介绍，轮到她了，她站起来，粗声大气地说："俺叫翠花。"这下子，惹得全班同学哄堂大笑，随后教室里就冒出了怪声怪气的一句"翠花，上酸菜"，顿时把她给羞红了脸，捏着衣角，站在座位上，窘了半天。最后，还是班主任出来为她解围，将她的名字写在黑板上，并解释说，姬，是形容女子美好的意思。

哦，大家这才恍然大悟。虽然知道了她不是"翠花"，但大家还是有意无意地用拉长了的东北腔喊她"翠花"，时间长了，她也就在无奈中默认了。

其实，崔姬是一个很有富态的女孩。人长得不高不矮，但

扛着问号走路 的人

稍微显得胖了点儿，圆圆脸蛋，一笑起来，眼睛就眯缝成一条线。她这形象，和大家想象中的村妇"翠花"，完全不符。

所以，有时候，有人喊她"翠花"，她反而会幽默一下，问："干啥，干啥，难道你家又缺酸菜了？"渐渐地，她就名声在外，连隔壁班级一些同学，都知道我班有个姑娘叫"翠花"。

有一次，在食堂吃饭时候，隔壁班级几个男生坐在一起。吃着吃着，一个男生突然说："今天这菜太难吃了，还不如咸菜呢。"另一个男生接着说："这有办法，你去隔壁班级（指我们班）上课，肯定就能满足你的要求了。"那个男生奇怪地问："为啥？"另个男生翻了翻白眼，说："你个白痴，这都不知道啊，隔壁班有翠花，可以给你上酸菜啊。"

听他们这么一说，笑得我差点儿呛了自己，含在嘴里的一口汤喷了出来，不巧得很，有些汤恰好喷到了那几个男生的身上，这一下，我体会到"祸从口出"这个成语的含义了。

果然，还没有等我调动好面部表情，组成笑脸，那几个男生就"噌"地站起身来，骂道："你瞎眼了不是，往我们身上乱吐？哥们这可是新买的球衣，上百呢，你赔得起吗？"

我急忙向他们道歉，可他们依旧不依不饶，其中一个说："知道错了，也成，这球衣我们也没有办法穿了，一件100块钱，交钱吧。"

这不明明是敲诈吗？我一个月生活费也就是300块钱，他们3件球衣正好是我一个月的生活费，给了他们钱，我这个月怎么生活啊。

于是，我再次赔着笑脸，说："哥们，我是隔壁班的，都是一个年级的兄弟，给点儿面子。你们看，要不这样，我把衣服给你们好好洗干净，怎么样？"

不料，那几个家伙得理不饶人，依旧扯着我的衣服嚷嚷着让我赔球衣。很快，我们身边就聚集了一些看热闹的学生。

突然,一个熟悉的声音响起,声音里充满了愤怒:"你们三个到底讲理不讲理?"我转身一看,是崔婳。

"呦呵,你是哪座庙里的神仙?不要强出头啊。"那几个男生中的一个,阴阳怪气地问。

"我就是你们刚才说的,要吃酸菜就找我的翠花!"崔婳双手掐腰,怒目圆睁,高声说道:"你们几个背后议论我,我可以忍让,可欺负我同学,实在让人忍无可忍!你们说说,作为几个男人,背后学人家老婆子嚼舌头,丢不丢人啊?我同学看不下去,为我出头,活该泼了你们一身汤!他不泼你们,老娘我今天还要泼你们呢!"

说着,崔婳拿起手中的汤碗,顺手朝那几个男生泼去。吓得那几个男生急忙猴子一般,狼狈地四散奔逃。可是,却没有看到有丝毫汤水泼出来,原来,那是一只空碗。

这下,顿时引起四周观看的学生一阵哄笑。那几个想要闹事的男生,看情况不妙,不敢过于纠缠,放出几句狠话,就灰溜溜地逃走了。

原来,这一切,她都看到了。

我十分感激地对她说:"谢谢你了,崔婳。要不是你解围,我今天就麻烦了。"

"客气啥,我还要谢谢你吐了那些家伙一身,帮我出了怨气。你看看你的菜都凉了,要不,你也来点儿酸菜?"

听她这么一说,引得我不好意思地笑了起来。

第二辑 瘦月亮,胖月亮

有个姑娘叫婉君

婉君长得并不惹人讨厌，相反，还很漂亮：一张胖乎乎的脸蛋白里透红；一双水汪汪的大眼睛，黑长的睫毛眨巴眨巴，闪动着灵性。但在老师和同学眼里，她并不算乖巧。有时候一个不顺心，立马就会小宇宙大爆发，拿书将桌子拍得震天响，好看的大眼睛直视着对方，摆出一副虎视眈眈的架势。所以，她的几任同桌都有些惧怕她，每次班主任调位的时候，婉君的现任同桌都会不太乐意继续和她做同桌，向班主任提出一个要求：太难伺候，换同桌。

有一次，婉君又拿书本拍起了桌子，直接引来了从班级门前路过的校长的疑惑，他慌里慌张地看了看天，确定没有发生地震之后，才继续走自己的路。

其实，这也怨不得她。因为班里总有几个爱惹是生非的男生，拿婉君的名字戏谑。甚至有个调皮鬼一直追问婉君，是不是因为你爸妈太喜欢看台湾的那部连续剧《婉君》，才给你取这个名字的？这个问题惹得婉君小宇宙爆发了无数次，才算无人再敢提起。

后来，也许是我的幸运，也许是我的不幸，反正，我做了婉君的同桌。

经过一段时间的相处，我发现，虽然婉君不算温柔，甚至性格有些捉摸不定，但总体上来说还是十分可爱的。并且，我发现她竟然主动对我示好，甚至我怀疑她在暗地里羡慕我，认为我举止端庄，谈吐优雅，将我当成了她学习的榜样。不然，她为什么常常一边唉声叹气，一边用一种无比落寞的口气对我说："杨阳你人缘怎么那么好呢，你看看你身边多少朋友，可我连一个都没有。我要是像你一样该多好啊。"

有了这种感觉之后，我觉得我应该引领一下她，教她学会展示一下自己美好的一面，这样才能得到更多同学的接纳。抱着这个想法，很快，我就和婉君玩在一起了。

每天中午，我开始和婉君一起到食堂吃饭，我们有了分工，她负责打菜，我负责买馒头。最初，我觉得过意不去，因为打菜要比买馒头忙得多。但她却一脸自豪地说，打菜的师傅和她认识，是熟人，能够多给点儿。果然，每次她打的菜，我都觉得分量比我打菜时候多。再然后，她彻底赢得了我的信任，我将每个月的饭钱都交给她保管，而她基本没有什么失误，将每天每周的开销都管理得井井有条。每个月的饭钱有了剩余，我们就外出逛街，买一些爱吃的水果，将枯燥的学习时光装扮得有滋有味。

但终于有一天，婉君的小宇宙也对我爆发了一次。那是中考前的3个月，大家各自忙着备战。那天我实在是在教室里待不住了，决定拉着婉君偷偷上街溜达一下，可她却拒绝了，理由是正忙着演算一道数学题，到了关键时刻了，不能放弃。于是，我只好一个人上街了。她拜托我上街后，给她捎两双袜子。这还不是小事一件？我接过她给我的钱，就上街了，逛了几家小饰品店，买了一个发卡，又在水果摊上买了点儿水果后，转身回来了。婉君见我回来，伸手向我要袜子时，我才醒悟：自己只顾得贪玩，忘记给她捎了。

"还是好朋友呢，拜托你这点儿小事都办不成，这说明你根本没有把我的事情放在心上。"婉君有些生气，嘟囔着说。

这话我听得十分难受。我说："你别啰唆了，我再出去给你买回来还不成吗？"然后，我转身走出了教室，跑到校外小市场，很快买了两双袜子，冷冷地将盛袜子的塑料袋往她面前一丢，只说了一个字："给。"她拿过来一看，提高声音说："只

扛着问号走路的人

有一只袜子,你让我怎么穿?"我一看,这才发现,原来不知道什么时候,放袜子的塑料袋下面开了,两双袜子被我丢掉3只,只剩下最后一只孤零零地躺在桌子上。

在我的无比尴尬中,她的小宇宙爆发了。她拿起一本书,狠狠地拍在桌子上。我一愣,第一次尝到被她拍桌子的滋味,心中觉得无比酸涩。

中午吃饭时,她将我的饭钱全部给了我,一声不吭,就端起她自己的碗筷,去了食堂。从她的行动中,我知道,我们两个搭档散伙了。

剩下的日子,我加足了油准备跟中考拼了,也就懒得和婉君多做解释了。我只关心我的分数和招生政策,不再关心其他。

中考结束后,在毕业前的最后一次聚会上,我没有和婉君说再见。

经过一段漫长的等待,我如愿以偿地进入理想中的高中。从原先班内的其他同学那里听说,婉君没有考上高中,继续在母校读初三,现在是她单独一个人坐一张桌子。只是,离奇的是,她在那张空了的桌子上刻着一个人的名字。我禁不住好奇地问那个同学,是谁的名字?对方沉默了一下,说,是你。

我顿时愣住了,眼前浮现起婉君那张并不让人觉得讨厌的脸。

愤怒的阳光

阳光不是真的阳光,而是一个人的名字,这个人是我邻居家的孩子,今年14岁,读初二。

在大家眼中,阳光是个标准的好孩子,生性温文尔雅,见人问好,逢人就笑,学习成绩不错,常常捧一些奖状、奖杯回家。别人看到他的笑,就感觉真的如同阳光一样,暖暖的。

可这样一个好孩子,却做了一件让大家意想不到的事情,因为他愤怒了,并将自己的愤怒清晰地向大家表达了出来。那天早晨,大家看到他站在一个垃圾桶旁边,将一张厚厚的用纸箱子剪成的纸板高举过头,纸板上写着几个大字:"我愤怒了,还我清新空气!"

说是垃圾桶,其实是一个垃圾堆,因为很久没有人清理过了,散发着恶臭,让进出小区的行人都掩鼻而过。阳光就站在那个垃圾堆旁边,高举着自制的纸板,涨红了脸,任凭来往的居民将好奇的目光投到自己身上。

其实,这个垃圾堆的主要制造者是开设在小区旁边的一个小饭馆,剩菜剩饭什么的,常常被那个小饭馆的老板提出来,丢在这里,久而久之形成一个由泔水、腐叶烂菜堆积而成的垃圾堆,招惹了一群群苍蝇和野猫前来觅食。但居住小区的居民,大家都对此视而不见。就算有几个有意见的,也仅仅是在嘴巴上唠叨,没有谁去找那个饭馆老板理论,让他清理一下。因为那个小饭馆的老板是一个大光头,头皮油光瓦亮,身材彪悍,常常手拿一把菜刀剁肉,那模样,的确够震人的。据说,老板不是良善之辈,年轻时候混过"江湖",进过监狱,现在放出来,改邪归正,开起了饭馆。饭馆里常常有一帮戴墨镜、歪叼着烟的青年来吃饭,据说,都是他原来认识的"江湖"朋友。

就这样,那堆垃圾越积越多,空气也越来越污浊,小区的来往行人每次经过时,都不得不掩鼻疾走几步。

可今天,阳光这个14岁的孩子,用这种无声的抗议,将自己的愤怒表达出来了,这的确让大家大吃一惊。

在这种无声愤怒的带动下,很快,小区里的一些居民自发

扛着问号走路的人

组织起来,大家议论纷纷,决定一起去找那个饭馆的老板,让他将这堆垃圾清理一下,毕竟,制造这样一个垃圾山,非但不雅观,而且干扰了周围住户的生活,至少那污浊的空气,已经让最近的那两户人家不得不紧闭后窗了。阳光家就是其中一家受害者。他的卧室不得不常常紧紧关闭,防止异味侵入。

那个饭馆的老板正赤着肩膀,抡着宽厚的菜刀剁肉,将案板剁得"呼呼啪啪"震天响,看到这个情景,那几个带头的居民不知不觉中就有些畏缩,踌躇了半晌,也没有一个人上前去开口,几个人就这样退了回来。

"算了,算了,不关我们单个人的事情,绕道走就是了。我听说,他当年可是因为砍人才坐牢的……"他们中的一个说。

"对,我这几天都是绕道走,还锻炼身体呢,何必为了这件事得罪这个恶人呢。"他们中的另一个积极响应。

"是啊,是啊,忍一时风平浪静,退一步海阔天空,还是忍让一下吧。"第三个说。

这样说着,他们觉得心理平衡了一些。每个人的心里都在如是安慰:不是我胆小怕事,反正这个事情不是一个人的事,凭啥要让我出面,去得罪那个恶人呢?

他们经过阳光身边时,阳光仍旧高举着那个纸板,站在那里,他的眼神露出询问的意思。他们感到有些尴尬,避开了阳光那询问异味十分浓郁的眼神,绕过那个垃圾堆,散开了。

阳光眼中有些失望,但他倔强地咬紧了嘴巴,仍旧坚守在那个垃圾堆旁。他打定了主意,今天一定要一个说法。

不久,饭馆老板提了一桶污水朝这边走来。他很远就注意到了阳光。他放下污水桶,看到阳光那高举的纸板上的字,表情有些夸张地笑了,问:"小家伙,你这是什么意思啊?想要清新空气还不容易,有能耐你自己找辆垃圾车,清理走就是了。"

阳光咬紧了嘴唇，高举纸板的手有些颤抖，可以看出他内心的愤怒。突然，他失控了似的，将手中的那个厚纸板猛地朝饭馆老板的光头掷去，一边声嘶力竭地大喊："快把垃圾清理走，你这个大坏蛋！"那种气势，不亚于浩浩江水，奔流而下。

饭馆老板顿时愣了，揉了揉眼睛，好像不敢相信眼前这个14岁的瘦弱男孩竟然敢冲他喊。等他看到阳光那愤怒的脸时，他突然有些心虚了，神情竟然变得慌里慌张，他有些结巴地说："小家伙，脾气还挺……还挺大，不就是一堆垃圾吗，我这就叫人清理……"

接下来，那堆垃圾在一天之内，奇迹般消失了，并且再也没有堆积过。

然后，大家看着那原本堆积的垃圾被清理一空，都说，阳光这个孩子不简单啊，还真有胆量。可阳光依旧是那么文雅的一个孩子，依旧是见人问好，逢人就笑，好像从来没有愤怒过一样，只是，他卧室里临街的那扇窗户开了，常常听到悦耳的歌声飘来。

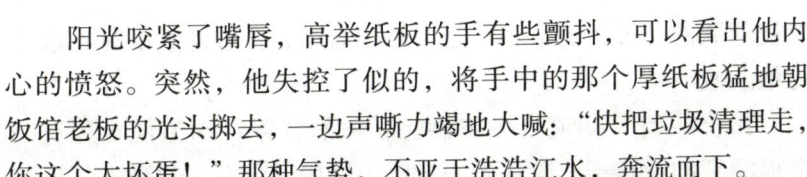

站立的灵魂

窗外阳光灿烂，有青草的芳香透过窗户飘来。青青坐在临窗的位子上，恍惚间，看到那个嬉笑着的少年踏着细碎的花瓣走过。

那个时候，青青喜欢上了一个帅气阳光的男孩子，将他当成自己生命中的太阳，而她如同一株向日葵，时刻热烈地仰望着他，围绕着他，不断调整自己凝视的方向。那个男孩子是学

扛着问号走路的人

校篮球队的。每次赛事，无论课业多繁重，青青都会准时到场，为他助威呐喊。

虽然，青青知道自己不漂亮，虽然，青青知道他身边有一个很漂亮的女孩子，像月光一样皎洁耀眼，但青青丝毫不气馁，她觉得就是在球场上远远地看他一眼，也是一件幸福的事情。

这种幸福，无关乎任何原因和理由，只关乎青春。

有一天，青青仍旧到球场上看他打球。球赛快结束的时候，他终于因为她的热烈助威声而注意到她，冲她一笑。她激动得面红耳赤，心跳加速，半天才缓过来。

下场后，他对她说："你好，麻烦帮我看一下篮球，我去接个电话就回来。"

她无比欣喜，开始安静而认真地等待他回来，直到夕阳西下，华灯初上，偌大的操场上只剩她孤影伶仃，她心中的那个白马王子仍旧没有出现。

然后，一个嬉笑着的少年出现了。他个子不高，扁平的鼻头，上面还长了几个雀斑。那个晚上，他主动送青青回了家。

再然后，他开始频频出现在青青的视线里，常常嬉笑着经过她的窗前，和她打招呼，阻断了她望向依旧在球场上突围冲杀的那个白马王子的目光。她开始觉得这个有着雀斑的家伙有些让人烦，对他的种种示好，视而不见。

有一天，他嬉笑着出现在她面前，似乎有话要说，而她正在全神贯注地看着她的白马王子抢球上篮，无暇听他啰唆。

直到他一脸认真地说："我可以看到你的灵魂。"

她这才认真地看了他一眼，说："装神弄鬼的家伙，一边去，别耽误我看球赛。"

他仍旧认真地说："真的。我看到你的灵魂不是站着的，而是在向另一个人仰脸乞讨着什么。"

青青顿时愣住了，她反问："你这话什么意思？"

他没有回答他，而是指了指那个在球场上活跃的身影，继续说："而他的灵魂，则是以一种俯视世间的姿势高高在上，是趾高气扬的，是盛气凌人的，不是你所能追逐到的。"

他的这番话引来了旁边不少同学的诧异目光，他依旧旁若无人地说："认识你之后，这段时间我的灵魂也不是站着的，和你一样，也是仰脸乞讨着什么。但从现在这一刻开始，我要让它站着，挺直胸膛，平视看你，看我。"

青青有些恼羞成怒，说："什么站着跪着的，你有毛病啊？"

他仍旧目光平静地说："我什么病也没有，只是想给你说这些话，我想说的话说完了，我走了。"

说完，他果然转身离去。

看着他离开的背影，青青也没有心思继续看球赛了，她突然觉得那个耀眼的白马王子的光芒正在消散，而那个有着雀斑的他的那些话却逐渐清晰起来。

也许，他说得对，自己的灵魂的确没有站立着，没有平视那个活跃在操场上的白马王子，而是仰视。只是，只是，他又说什么，他也在以仰视的姿势看我？他是什么意思呢？

她决定下次再见到他，一定要问个清楚。

可是，她却再也没有在这个校园里看到他，也许是转学了，也许是休学了，也许是其他原因，他就像一朵浪花悄然出现在她的生活里，又悄然消失。

只是，青青每当坐在临窗的位子上，看到窗外灿烂的阳光，嗅到青草的芳香，恍惚间，就会看到那个嬉笑着的长了雀斑的少年踏着细碎的花瓣走过。

第二辑 瘦月亮，胖月亮

扛着问号走路的人

 旁观者

朱林觉得自己是个生活的旁观者。每天，他骑着单车，或快或慢地经过一个小胡同。这个时候，天尚未全亮，远处的草坪上飘动着大团大团的灰雾。偶尔，他会遇到几个行色匆匆的行人，他们大多数是赶早班，也有的是刚下夜班。朱林骑着单车，面无表情地从他们身边经过。

他背着一个鼓囊囊的黑色书包，书包衬托着朱林阴郁的脸色，显得很是沉重的样子。书包的拉链没有拉严实，只拉了一多半，随着单车行走在坑洼不平的路面，不断颠簸着，有几张雪白的纸片试图从书包里窜出来。但这些，朱林都没有发觉，他只管灵巧地把住车把，将一个又行人抛在身后，抛得越来越远。

每天他都会路过一个早市，早市两旁都是清一色的二层小楼，灰暗色的水泥墙，惨白的瓷砖。一楼是各种商店，二楼则充当了店主的住处。每每经过这里，他都会皱起眉头，小心翼翼地蹬着单车，躲避过许多半睡半醒穿着睡衣在街道上走动的男人、女人们。偶尔会有一只野狗，叼着不知名的看不出是骨头还是破鞋的一团脏东西，从他车轮前窜过，惊得他出了一身冷汗。甚至有一次，他还看到一个醉鬼，拿着一块半截砖，将一家店铺的门砸得震天响，一边砸，一边含糊不清地喊着："死娘们你再不给老子开门，老子就把家都给你输光了……"砸了半天，门终于开了，当店铺主人和他的妻子站在醉鬼面前时，醉鬼莫名惊诧，用一根摇摇晃晃的手指头指着店主人的脸说："你，你怎么到我家来睡了？"店主人勃然大怒，大声斥责他："睁开你的猫眼好好看看，这个是我家，你家在还远着呢，再走3家才是你家！"

还有一次，朱林看到一个老头在前面步行，他伛偻着身子，走几步就咳嗽一声。在他的后背上，扛着一袋子大米，也许是粗心大意，他丝毫没有意识到装大米的口袋破了一个小口，大米哩哩啦啦地洒落一地。远处缀着几只馋嘴的小鸡不停地啄地上的米……当朱林经过那个老头身边时，本想提醒一下他，但不知道为什么，话没有说出口，又咽了回去。他闷头继续猛蹬自己的单车，将那个老头抛在了身后。

他觉得自己只是生活的旁观者，他并不喜欢自己目前所处的这个生活环境，所以，他要通过自己的努力，去改变自己的命运，从这个环境中逃脱出来，不再步所有生活在这个环境中的人的后尘，不再像他们这样，平淡吃喝，平淡生活，直至老死。他觉得这样的生活，不是他一生所求。

目前，朱林将高考当作改变自己命运的方式。但遗憾的是，他成绩并不算好，尽管他很努力，尽管他也经常熬夜做习题，但他的成绩始终就像烈日下的庄稼，蔫儿里吧唧的，从来不曾给人欣欣向荣的感觉。

假如这块叫作高考的砖敲不开大学的门，这意味着什么，朱林有着无比清晰的认识。因为从进入高中开始，他爹就不断在他耳边这样唠叨着："小林子，家里什么活都不让你干，但你可要给老子争面子，考上个好大学，让街坊邻居都看看！要是考不上学，哼，别说老子没有提前告诉你，你就回家跟老子卖海鲜。"

每每想到老爹的这种唠叨，朱林就仿佛嗅到他身上那股终年不散的鱼腥味。为了不和那些死的活的鱼打交道，为了不和这些蠢笨的人打交道，朱林决定，万事都不放在心上，全部心思就是学业。

可即使这样，他得学习成绩仍旧一般。而且要命的是，他不知道自己成绩上不去的原因在哪里。所以，一心要做生活旁

扛着问号走路 的人

观者的朱林，生活得不但不开心，而且很忧郁。

他想起自己昨天那个梦，梦里自己在爬一座无比险峻的高山，身下是万丈悬崖。他不敢回头，只能往上攀登。他奋力地爬啊爬啊，可每次快到山顶时，他都会因为不堪疲惫而摔落下来，然后就是惊醒，满头大汗……

恍惚中，他觉得前轮胎猛地蹦了起来——不好！轮胎碾在了一个破瓷碗上，单车方向失控，歪歪扭扭地向路中心倒去，将他摔倒在路中心。随后，他听到一阵刺耳的鸣笛声，一辆疾驰的农用三轮车转眼间到了他面前，源自求生的本能，他就地一滚，虽然逃脱了被三轮车拦腰碾过的厄运，但一条左腿仍旧没有逃过。他感觉眼前一黑，一阵刺痛袭击了他的全身——三轮车的轮子碾过了他的左腿。三轮车丝毫没有停留的意思，呼啸着开过，撇下朱林躺在地上。

很快，引来一大群看热闹的旁观者，就连收破烂的、卖鸡蛋的也都暂停了自己手中的生意，从远处奔来，以朱林为中心，围了个水泄不通。

朱林躺在看热闹的旁观者中，陪伴他的是躺在旁边地上不断旋转着车轮的单车。朱林忍住痛苦，向那些密密麻麻的旁观者求助，可却没有人上来拉他一把。

在朱林即将休克的瞬间，他感到很荒诞，自己做了那么多年的旁观者，终于也被他们旁观了一回，只是他没有想到，竟然是以这种残酷的方式。

钓

初夏，正是荷花乍开、蜻蜓初立的时候。公园里，游人如织，一个小女孩，大约八九岁的样子，正和她的父亲在小湖边捉鱼。

父亲30多岁的样子，戴了一副眼镜，浑身透出一股儒雅的书卷气。他手持一根小竹竿，竹竿一头用渔网做成了一个兜，网兜里放了一些带有零星肉丁的小骨头。他将渔网探到水下，很快，就有一群或大或小的鱼儿循着肉香围了上来，它们禁不住网兜内美食的诱惑，纷纷钻了进去。见时机一到，父亲轻轻一提网兜，于是，那些鱼儿都被罩在了网兜内。

每每看到父亲提上网兜、看到兜内蹦跳的鱼儿，小女孩都在父亲身旁欢呼雀跃一阵。很快，她面前的一个小盆子里就有了很多游来游去的鱼儿。

不远处，有一个胖胖的小男孩，看那模样，也是八九岁光景。他也在钓鱼，不过，他是用钓竿垂钓。也许因为技术不佳吧，每次收竿，都是空空如也。时间长了，他就显得不专心了，看到旁边那个小女孩面前的小盆子里不断增多的鱼儿，他的眼睛里充满了羡慕。

又一次提起钓竿，仍旧是空空的、小男孩有些郁闷了。他收起了空空的钓竿，拿起毫无收获的装鱼的玻璃瓶，打算回去了。

这个时候，小女孩突然喊住了他，并大方地将自己的鱼儿分给了那个小男孩一些。小女孩的父亲站在旁边，微微地笑。

小男孩显得十分不好意思地接受了。然后，没有说一句话，他就走了。

望着小男孩远去的背影，小女孩突然不高兴了，嘟着嘴，坐

扛着问号走路的人

在自己的鱼盆前发呆,即使看到父亲又捕获了一条大鱼也不开心。

父亲看出了她的情绪变化,觉得有些奇怪,问她:"怎么了呢?"

那个小女孩仍旧嘟着嘴,不高兴地说:"我分了那个小男孩一半的鱼,可他连句谢谢都没有说,就走了,早知道这样,我就不分他了。"

这下,父亲明白了小女孩不开心的原因。他想了想说:"你把你的鱼分给他,那是因为你乐意这样做,而不是希望能收获他的感谢,是不是呢?"

小女孩点了点头,说:"嗯。"

"那就对了,既然你是为了自己的快乐把鱼分给他,你就已经体验到分享的快乐了,何必再去在意他是否感谢你呢?"

小女孩似懂非懂,只是说:"可是我还是不开心。"

父亲也有些无可奈何了。

这个时候,那个小男孩突然满头大汗地回来了,他手里拿着两包鱼食,说:"小妹妹,谢谢你的鱼,这两包鱼食是我送你的,鱼吃了长得可快了。"

接过鱼食,那个小女孩咯咯笑了起来,笑声很是响亮。很快,两个小孩子就交流起喂鱼的一些心得来。

父亲在旁边看着,微微笑了。

红房子

8岁的时候,我有了人生第一个梦想,就是希望某一天一觉醒来,发现自己已经住进了一座红颜色的房子,那里金碧辉煌,地面铺满软软的织有各种卡通图案的地毯,可以让我赤脚走来走去,并且随处可见那种软绵绵的枕头,让我可以在走累了的时候,可以随时随地躺下,美美地睡上一觉。

其实,这个梦想最初并不是我的,而是我剽窃或者说拷贝我那个叫贝贝的小伙伴的。贝贝家住在一个破旧的房子里,有一次,我去找她玩,我在她家里看到了两只乱窜的老鼠,它们不知道是在抢吃食还是在争地盘,反正,在光天化日之下,在我和贝贝两个小孩子的注目下,它们两个一前一后、一追一逃,竟然肆无忌惮地在我们面前撕咬着,吱吱乱叫,其中被追赶的那只甚至有跑到我和贝贝身边避难的打算,绕着我们两个小孩子的脚转了一圈,吓得我们两个一个跳在桌子上,一个跳在椅子上,谁也不敢下地。也许,这样的场景给予了贝贝灵感,她开始向我描绘她的梦想,以后她要住在一所红颜色的大房子里,红色的地毯,红色的枕头,再也不见一只老鼠……我站在贝贝家的木椅上,看着那两只老鼠斗得难解难分,耳边听着贝贝关于她的红房子的理想,心里不禁有些羡慕。我为什么没有像贝贝那样,想到以后要住一所红颜色的大房子呢?在那一瞬间,我甚至觉得家里有老鼠乱跑的贝贝比我富有得多。

于是,等那两只老鼠结束了战斗,我和贝贝飞快地从她那破旧的家里逃了出来。外面正是雨后初晴,我们开始在一块松软的湿地上用一根树枝画我们的房子。贝贝画得十分认真,她不但给她的房子画了尖尖的屋顶,而且还画了大大小小的窗户、高高的

第二辑 瘦月亮,胖月亮

扛着问号走路的人

院墙,看上去像城堡一样迷人。画好后,她还在下面写了一行歪歪扭扭的字:贝贝的家。我也努力去画我想象中的房子,可我总是画不好,松松垮垮的哪里有一丝能住人的样子?因此,我没少遭到贝贝的嘲笑。最后,贝贝看到我难过的样子,就眨巴了一下眼睛,安慰我说:"要不,等我们长大,你来我的红房子里住吧。"

我才不稀罕住别人的红房子呢,我也要有属于自己的红房子,而且要更大更好。就这样,8岁的我第一次有了一个愿望,要做一个生活在皇宫般华丽的红房子里的小公主。

两年后,因为爸爸工作调动,我家也随着搬迁了,离开了那个嘈杂但充满温馨的小镇,迁到宽敞明亮的新居。在新的生活环境里,新的学校,新的朋友不断出现,使得我逐渐淡忘了我人生的第一个愿望,淡忘了那个关于拥有一座红房子的愿望,也淡忘了那个叫贝贝的玩伴。甚至,偶尔想起,也会觉得那是多么可笑、多么幼稚,是只属于小孩子的天真幻想。世界上哪里有什么宫殿般的红房子,哪里还会有小公主?人,总要面对现实,不能总是活在童年的幻想中。

但3年后的某一天,在市里的一次中学生绘画比赛上,我看到了张贴出来的获得一等奖的作品,题目是"红房子",作者是关贝贝。看到这熟悉的名字,往事瞬间如潮水般袭来,我顿时愣住了,仿佛跨越时空,看到了8岁的我和8岁的关贝贝在雨后初晴的湿地上画红房子的情景,心中升起一股涩涩的感觉:已经5年过去了,她竟然还在坚持着自己最初的梦想,并且还在为了那个梦想而努力。她的小小的看似可笑的梦想,最初只有我一个人知道,但现在,她却通过自己的努力,向更多的人展示出来。

我本想马上见到关贝贝,向她表示我的祝贺,可随后我却放弃了。因为我突然觉得,假如我和她相逢,谈起她的作品,就不得不谈起我们童年中的那段雨后画红房子的经历,不得不谈起我和她共同的梦想，现在，她仍旧在坚持，而我已经将那个梦想丢掉了，甚至嘲笑过它。一个坚持，一个背弃，还是不再相逢的好。

又是两年后，当我离家去异地远行时，才真正明白房子和梦想对于人生的意义所在：房子的意义在于那里居住着我们的亲人，他们是我们的牵挂；梦想对于人生的意义在于它给人一种力量，牵引着我们无限上升。

请给我一个新理由

周五上午第二节是语文课。王小萌盯着黑板，有些困倦，竟萌生出了逃课去校外走一走的念头。

语文老师姓周，头发有些花白，戴着一副厚厚的眼镜，十分符合典型的老学究形象。周学究执教一生，性情温雅，他的课，十分宽松。无论你在课堂上做什么事情，只要给他一个合理的理由，都是被他允许的。

有一次，周学究布置了一篇课下作文，没有想到，到了交作业的日子，竟然有很多学生没有按时完成。周学究闻听不愠不怒，心平气和地逐一询问原因，并且明确告诉他们，所说原因不得重样。这样一来，没有完成作业的原因自然五花八门：有的说，是时间紧；有的说，是题目难；有的说，是本来已经写完了，却不小心被猫啊狗啊叼跑了；有的说，走在半路，不慎给弄丢了……到了最后一个同学，他实在编不出理由了，竟然铿锵有力地说，布置作业那节课，他不小心睡觉了，没有听到作业……

扛着问号走路的人

周学究也不发火，也不质疑，听后，就轻轻点头，随后"嗯"一声。

这样好脾气的老师，的确是很难遇到的，自然也不会被学生们畏惧。甚至大家都有些"欺负"他，比如这次语文课上，王小萌就动了小心思，想随便编个理由，去大街上溜达一圈。

然后，她就举起手，打断了周学究讲课。周学究示意她站起来说出疑问。她站起来，畅快地吐出自己的理由："周老师，我有些感冒了，头疼，需要去卫生室看一下医生。"

在她想象中，周学究随后就会摆手放行，她也就能逃离让她感觉无比乏味的课堂。

不料，这次周学究竟然没有放行，理由很简单，他说："王小萌同学，你这已经是本周第二次头疼了，这个理由不好，请你给我一个新鲜的理由。"

新鲜的理由？王小萌愣住了。逃课还需要新鲜理由？这是谁规定的啊？她禁不住捏起了发梢，沉思了片刻后说："我不光头疼，还有些腿疼，好像是因为昨天上体育课练习短跑，跑得时间有些长了。"

"这个也不算，还有没有更新鲜一点儿的理由？"周学究摇头拒绝了，他说，"已经有个学生拿这个做理由了。"

王小萌很发愁，她绞尽脑汁，试图想一个新鲜点儿的理由，但想来想去却发现，自己所能想起来的理由，要么自己已经说过，要么被别人说过了。用周学究的话来说，这个理由不新鲜了，不能允许逃课。

就这样，王小萌想了半天，没有想到一个好理由，只好乖乖地重新坐下，收拢了心思听课。看到这一幕，周学究嘴角露出了一丝莫名其妙的微笑。

很快，这节课就讲完了，但周学究并没有下课，而是从随身携带的一个公文包里，掏出一个厚厚的记事本。在全班同学惊异的目光中，周学究举起这个记事本，一页页翻开展示一番后，用他向来抑扬顿挫的声音说："这个记事本上面记满了全班同学的新鲜理由，是你们对诸如迟交作业、考试不好、旷课逃课等各种不良行为的辩解，只要你们的理由够新鲜，我就都谅解了你们。可到了今天，我发现，你们再也找不出新鲜的理由来了，而没有新鲜合理的理由，你们对自己任何不良行为的辩解，我都不会支持的。这意味着什么，你们自己心里应该清楚。"

他的话音刚落，那些爱找各种理由来为自己的不良行为开脱的学生开始面面相觑了。

周学究接着说："当然，我也不该隐瞒大家。我还有一个身份，是国家人类习性研究所的特聘教授，我研究的课题，就是'请给我一个新鲜理由'。这是一个十分有趣的课题，它需要被研究者不断提出一个又一个新鲜而合理的理由，而这些新鲜理由只能用一次就失效，这样就逼迫着被研究者调动所有思维去努力寻求更为新鲜而合理的理由。在这种刺激下，被研究者的想象力可以大大被提高，而想象力，正是这个时代所缺少的无价之宝。"

这么一说，大家发现果然如此，虽然大家经常找理由逃课、不写作业，但班级学习成绩在全校始终排名靠前。看来，周学究还真有手段啊。

 兄 弟

第二辑 瘦月亮，胖月亮

他出生时，母亲难产，他大脑缺氧导致软瘫，一直到3岁还不会说话，只能躺在小小的睡床上转动着眼睛，看着流泪的

扛着问号走路的人

父母。

在他5岁那年，病情仍旧不见好转。父母在伤心绝望中，也只好接受了残酷的现实，一边坚持为他做物理治疗，一边准备给他生一个弟弟或者妹妹。

5岁那年，他终于会说话了，会喊爸爸妈妈了。爸妈激动地抱着他，泪流满面。也就是在这一年，他有了一个弟弟。

小弟弟长得漂亮白净，聪慧异常，带给父母无尽的喜悦，这稍微减轻了他带给父母心中的伤痛。他也渐渐发现，父母关注的重心，已经完全转移到他的小弟弟身上了。

虽然他仍旧不能用语言来完整表达自己的意思，仍旧无法站起来行走，但一切他都明白，在这个家里，以后他将渐渐退出关注的视线。

眨眼间，小弟弟3岁了，已经上幼儿园了，他显得有些瘦弱，性情十分乖巧。每天，弟弟从幼儿园回来，总会给他讲一些从幼儿园学到的东西。他躺在床上静静地听，看着弟弟满面幸福的样子，8岁的他，心里悄悄滋生了一种叫"妒忌"的情绪。

最近，他夜里常常从噩梦中惊醒，梦的内容大同小异：父母抱着他的弟弟欢快地走在前面，渐行渐远，而四肢瘫痪的他，无助地躺在无人的荒野上，望着他们远去的背影，只能从嘴里发出孤独的声音："求求你们，求求你们，不要扔下我……"每次从噩梦中惊醒，他的眼睛里都充满泪水。

他觉得小弟弟的出现妨碍了他的幸福，夺走了他本应得到的父爱和母爱。他担心父母终究有一天会厌烦他，会抛弃他，会如同他梦见的那样，将他丢到一个无人的荒野上……每当想到这里，他就觉得特别讨厌小弟弟，他甚至觉得小弟弟不应该出现在这个家庭里。他原本已经够不幸了，可小弟弟的出现，夺走了所有的宠爱，加剧了他的不幸。

他只能沉默着，面无表情地看着小弟弟对他讲那些有趣的见闻，背诵那些好听的诗歌。他恨小弟弟——为什么他不能像小弟弟那样聪慧，那样讨人喜欢，那样背着好看的小书包去上学呢？他觉得小弟弟不是他的亲人，而是仇人。

是的，是仇人。他暗暗切齿。可他对这个满是天真笑容的"仇人"也无可奈何，因为，尽管他每天都坚持做大量物理治疗，可效果甚微，他始终无法站起来，甚至连挥动一下胳膊都有些困难，更谈不上报复这个夺走他一切宠爱的小弟弟了。

可小弟弟却主动承担起了照顾他的责任。那天，他清晰地听到小弟弟对他说的那句话："哥哥你不能上学，那我就当你的老师吧，我把每天学到的知识教给你，哥哥你说好不好？"

在听到这句话的瞬间，滚烫的泪珠从他双颊滑落。多好的弟弟啊！多懂事的弟弟啊！他反思自己的无情，在心里暗暗发誓，以后一定不要再妒忌弟弟了，假如他有机会从病床上站起来，一定要好好对待自己的弟弟。

从那以后，每天放学，小弟弟都会坚持把一天所学讲给他听。小弟弟神情专注，显得十分耐心；他学得十分吃力，但却觉得生活充满了希望。

在他15岁那年，小弟弟小学毕业了，而他也在弟弟的教导下，学了不少东西。甚至做弟弟的期末考试试卷，他也能及格。

可有一天，他突然发现弟弟变了，竟然变得有些霸道蛮横。弟弟不再把好东西先给他吃，也不再给他好玩的玩具，更不再教他新的课程，相反还如同大人一般用老气横秋的语气，毫不客气地责骂他是废物、软骨头、寄生虫，这样一辈子躺在床上，被人耻笑，连累家人。而父母竟然听之任之，丝毫没有过来阻止。

他听后痛苦万分，心想，哪怕自己能站起来一天，也要远离这个家，远离冷酷无情的父母，远离霸道蛮横的弟弟。

他更加努力地锻炼着，默默承受着，心里重新充满了恨意。他在内心呐喊："等着吧，总有一天，我要站起来，我要从这

第二辑 瘦月亮，胖月亮

张病床上站起来，我要向世界证明我不是软骨头，不是靠父母养一辈子的寄生虫！"

　　时光匆匆，又是两年过去了。17岁那年，他的身体竟然奇迹般恢复了知觉，独自从病床上站起来了！

　　父母欣喜若狂，13岁的小弟弟也一边连连喊着"哥哥真的好了，真的好了"，一边抱着他，激动地哭了出来。

　　可他没有丝毫欣喜，显得异常冷漠。他一把把小弟弟推开，随后挥拳往弟弟脸上打去，口中说："这是还给你的！"仅仅一拳，小弟弟脸上就鲜血四溅，脸上布满了痛苦和惊愕。弟弟看了他一眼，大哭着，夺门而出。

　　母亲发疯般扑上去，阻止了他继续追打小弟弟的举动。母亲摇晃着他的身子说："你疯了啊，为什么要打你的弟弟？你可知道，这些年他为了你吃了多少苦，受了多少良心上的责备？"

　　他一把推开母亲的手，冷冷一笑，说："是啊，他的确没少吃苦，整天想办法折磨我。"

　　父亲用低沉的声音说："你以为他愿意这样做？他比你背后流的泪水都多！告诉你一个秘密，两年前，我们几乎要放弃对你的治疗，医生提出了最后的一个治疗方法，那就是'心理刺激疗法'，通过一些不公平的事情来不断刺激你的心理，增强你自己站起来的决心，这样才可以让你有一线恢复的希望！现在，你明白了吧……"

夜半电话

他半夜醒来，再也无法入睡，躺在床上，静静思量自己的人生。

转眼半生已过，在人世间，他也算经历过不少风风雨雨，但所幸的是，都化坎坷为坦途，顺利走了过来。到了今天，也算诸事顺利，朋友遍布四海，事业有成。

他想起小时候读初中的一个同学。那时候，他家里穷，住校期间，都是借住在那个同学的宿舍里，两个人睡一张床。可他身体胖，被子又短，每到冬天，那个同学常常自己挨冻，将被子主动给他多盖一些。现在，他通过读书、进取，掌握了自己的命运，可那个同学却最终没有走出来，在农村结婚生子，过着清苦的日子。于是，他突然想给这个同学打个电话，问候一下，顺便表示感谢。可他翻遍了电话簿，却没有找到那个同学的号码。他的心里充满了愧疚。

他又翻看了一下电话簿，看到了另一个熟悉的名字。那个人也曾经是他最好的朋友，两人同样事业有成。他们一起读过书，一起喝过酒。但有一段时间，他做生意，需要资金周转，向这个朋友开口借钱，却被这个朋友拒绝了。然后，两个人之间就像隔了一层玻璃，再也没有联系过。在这个夜晚，他突然觉得那些都是小事，两个人的友谊还要继续下去，他决定如果明天天气好，就约他一起出去钓鱼，联络一下哥们情谊。他想到这里，拨通了电话，不料，电话那边传来提示音："您所拨打的号码是空号……"

他一愣，轻轻删除了那个号码。他知道，他终究失去了那个朋友，虽然这不是他所愿。

他睡意全无，接着往下翻看电话号码。他看到了她的号码，

第二辑　瘦月亮，胖月亮

扛着问号走路 的人

他曾经的恋人，可现在已经天各一方。本来毕业时候，说好要好好一起努力，然后在那个城市定居，共谋他们的幸福。可她后来去了另一座城市读研究生，然后就是她遇到了新的对象，然后就是分离。他经历过这场悲欢离合，也看淡了许多世事。听说，她现在很幸福，在沿海定居，有一个聪明的儿子，已经读幼稚园了。但这个夜晚，他多想拨通她的电话，听听那熟悉的声音。他的确也这么做了，但还没有等电话通，他就又很快放弃了。他自嘲着，何必扰人清梦呢？

他继续往下看，老师的号码，同学的号码，生意场上朋友的号码，甚至送水工的，修车场的经理……他一个一个翻着，百无聊赖。

终于，他的目光停到一个更加熟悉的电话号码上。

虽然这个号码他很熟悉，甚至已经默诵在心，但他确定，自己已经很久没有拨打它了。在这个静静的黑夜里，面对这个号码，以及号码背后浮现出的那张皱纹丛生的脸，他突然有些自责，于是，他犹豫了一下，拨通了那个号码。

电话通了。电话那边是很焦急的语气："喂，是三儿吗？这么晚了打电话，有什么事情吗？"

"是我，妈，我没有什么事情，就是睡不着，想起了你，老长时间没有打电话，就给你打个电话，问一下你的身体。"然后，他就不知道该说什么好了，但突然想到，上次打电话，她好像说过，她眼睛有些疼，还有些红肿，于是，他继续问，"妈，你眼睛还疼吗？"

"还是那样，人老了就是这样，该受的罪也就受点儿吧，也没有啥。只是三儿你在外面，要照顾好自己。哎，自从你爸爸走后，家里也就剩下我自己了。你们都不在我身边，我就寻思着，还真不如跟老头子一起走了的好……"

他知道，每次打电话，老妈就会这样，絮叨半天。以前他很不耐烦,总是会以生意忙为借口,打断她,然后匆匆挂断。这次,他没有,静静地听着话筒那边传来的那个熟悉而衰老的倾诉声:"想当年,我和你爸爸每天早晨4点就起床磨豆腐,靠着这些养活了你们兄弟四个……"

他在电话这边听着母亲唠叨那些陈年往事,感觉母亲要一次倾吐出她的一生。在她的一生中最重要的却是她的那4个不在身边的儿子。

"现在,你们各奔东西,南的南,北的北,别管多远,有时间就回家看看。我说累了,三儿啊,你也再睡会儿吧,鸡才叫3遍,离天亮还早着呢……"

一个多小时的电话结束后,他抹了一下眼角的泪水,躺在枕头上,心里稍微安静了一点。他决定,明天买张车票回家。

深埋的种子才发芽

张璇是高二十班的班花,她学习成绩优异,声音甜美,深受老师们的喜爱。在一次班级选举中,她成功竞选为学习委员,并评选为市级优秀班干部。

可是,她当上学习委员后时间不长,班主任就发现她表现有些异常,课堂上无精打采,课下少了不少开朗的笑声,并且学习成绩也直线下降。于是,班主任留心观察了一段时间后,决定找她谈话。

一天放学,班主任喊住了张璇,说:"张璇,你课后帮我抱一下作业。"张璇毫不迟疑地答应了。等同学们都走出了教室,

扛着问号走路的人

她们两个就一前一后，往办公室走去。

途中经过一个长廊，长廊上面爬满了常青藤，很多学生坐在长廊旁的石椅子上看书、聊天。长廊两旁开满了玫瑰花。班主任招呼张璇在一个无人的石椅上坐下，然后微笑着询问她："张璇啊，你最近是不是有什么心事？"

张璇一愣，说："没有啊。"

班主任看着张璇，说："你这孩子。老师当班主任都当了20年了，班里哪个学生有什么心事，老师一眼就能看出来。今天，我们两个就是朋友，要是有什么心事的话，你说来听听，说不定，我能帮你参谋一下呢。"

望着班主任和蔼的目光，张璇顿时觉得如同阳光透过阴霾的天空，终于，她把自己这段时间所遭遇的烦恼倾诉出来。

原来，最近班里有了一些谣言，说什么张璇之所以能当上学习委员并评上市级优秀班级干部，是因为她那个当教育局长的舅舅的缘故，是她舅舅和学校打了招呼，她才被评上市级优秀班级干部的。然后，她就觉得同学看她的目光开始异样，甚至主动疏远了她。就这样，她被这些谣言给困住了，觉得十分委屈，自然也就影响了学习。

听完张璇的倾诉后，班主任笑了，她什么都没有说，然后带着张璇回到办公室，从抽屉里掏出两粒花种，对她说："走，帮我到外面的小花园，把这两颗种子种上。"

来到花园里，找一处空闲地方，班主任拿一把小铲将土松了松，然后将其中一粒种子深深埋入土中，将另一粒交给张璇，让她种。张璇心不在焉，只在种子上浅浅地掩盖了一点儿泥土。班主任微笑地看着，没有说什么。然后，她们就离开了。

几天后，班主任突然告诉张璇，她们种下的那两粒种子，有一棵已经发芽了。于是，她们再次来到花园，果然，班主任种下的那粒种子已经发芽，吐出嫩嫩的新绿了。张璇看到自己种的那棵没有什么动静，有些失望。

班主任自言自语地说："你种下的那粒种子埋得太浅了，被透过土壤的阳光晒干了。其实，种子发芽，和一个人成长是同样的道理，只有把自己深深埋到土壤里，避开来自外界的干扰，不去在意他人的看法，才可以默默积蓄成长的力量。"

张璇听后，恍然大悟，眼睛里闪烁着奇异的光芒。她是个聪明的女孩子，她听懂了班主任老师这番话的含义。她深深地鞠躬，对班主任说："谢谢老师的开导，我会好好对待自己面临的问题的。"

果然，在以后的时间里，张璇对那些关于自己的风言风语，一笑了之，她沉静在学习中，努力充实自己，在期末考试中，一举考出年级第一名的优异成绩，并获得省级优秀班干部。奇怪的是，她再也没有听到那些谣言。

自尊的觉醒

在30周年校庆那天，学校特意安排了一个卓有成就的校友做报告。

那天，当校友出现在大家面前时，大家不禁有些失望。因为他看上去衣着平常，相貌普通，放在人群里，根本不是那么显眼，很难让人将他和他一手创办的庞大企业联系起来。

但他很温和，声音也富有磁性，在整个演讲过程中，没有什么动人的言辞，但却能句句说到人的心里去。他向我们讲了他年轻的时候经历过的一个故事。他将这个故事称为"自尊的觉醒"。

扛着问号走路的人

他说，他小时候生长在农村，家里3个孩子，他排老二。在中学阶段，父亲去世了，母亲靠种地养活一个家，日子自然过得十分清苦。在他16岁那年，他不知道怎么，突然想要给自己过一个生日，买一个生日蛋糕，他要奢侈一下，尝尝蛋糕的味道。

于是，他为这个目标努力了整整8个月，积攒了6元钱。他觉得这些钱应该够买一个蛋糕了，于是他拿着这些钱，悄悄来到一家蛋糕店，想要满足自己这个愿望。

他进了蛋糕店，转了一圈又一圈后，才发现就连最便宜的蛋糕，也要十几块钱。一个漂亮的服务员走过来，语气有些轻蔑地问他："你要买什么样的蛋糕呢？"他捏着手心里的那些钱，紧张得说不出话来。

那个服务员看到他满脸通红的窘态，更是有些轻视他了，说："我们这里有一些即将过期要处理的蛋糕，你要不要？很便宜的。"

他听到这话，顿时觉得自己受到了侮辱，竟然被人如此轻视。他没有说话，转身跑出了那家蛋糕店。从那以后，他就以此激励自己，一定要努力，一定要通过自己的奋斗来改变自己在这个社会中的位置。

他说，从那以后，他觉得自己的自尊真正觉醒了。觉醒了的自尊，让他明白自己需要什么样的人生，并为之去拼搏努力。然后，他才有了今天的成就。

这位校友演讲完后，总结说："贫困固然是一种不幸，但倘若你因此而觉醒了自己的自尊，萌生了通过奋斗改变这一切的拼搏意识，那么，当你踩着这种不幸奋勇向前时，就会发现你比别人站得更高，看得更远。"

讲台下，爆发出阵阵热烈的掌声。

第 三 辑　人生没有"早知道"

野狗的面具

他近来对动物世界充满了兴趣,买了碟片,闭门在家看。

"在非洲这块神秘的土地上,生活着一种名叫非洲野狗的动物,这种动物是人们公认最聪明的动物之一。它在本家族中表现出的是真诚、宽厚、友爱的天性……"

电话铃声响起。他把DVD摁了暂停键,视频就定格在非洲野狗一家其乐融融的画面上。

"宝贝儿子,和妈妈玩得开心吗?"

"开心!爸爸,我和妈妈给奶奶买了很大很大的生日蛋糕。只是爸爸为什么不和我们一起来公园呢?"

"咱们家水管坏了,爸爸今天要在家等人修理水管,不然,宝贝回家就吃不上爸爸做的香喷喷的饭了。宝贝,亲爸爸一下。嗯,乖,让妈妈接电话,爸爸有话对妈妈说。"

"老婆,妈妈的生日礼物买齐全了吗?"

"放心吧,老公。凡是昨天写在清单上的都买全了。对了,你几点上课去?……"

他放下电话,继续看电视。"在家族里,非洲野狗向来是一个孝顺的儿子,一个温和的父亲,也是一个宽厚的丈夫,但在面对敌人时,则变得极为狡猾,并会利用各种假象来迷惑对方,将对方欺骗,以获取最大的利益……"

一阵门铃声响起。他再次摁了暂停键,视频定格在非洲野狗和一只侵犯其领域的土狼对峙的画面上。

"哪个?"

"修理水管的。您是李先生吗?"

"没错。我是李先生。不过,你说你是修理工,拿证明来给我看一下。"

修理工一愣，提起地上的修理工具袋，出示给他看，然后又转过身，让他看看自己上衣背后印的那几个字：管道服务部。

他不禁嗤笑："你这就叫证明啊？那如果我拿把枪、穿一身警服，我还就是警察了呢。前段时间，不是发生过假警察假借查户籍入室抢劫的案件吗？拿你手机，给你公司有关负责人拨个电话，让他来证明你的确是来修水管的。"

修理工无可奈何，只好照办。直到证明无误，他才开门，放修理工进来。

修理工打量了一下，说："李先生，您是教书的吧？"

"教书？不，我呢，经历比较复杂，大学毕业后，先是在晚报当记者，然后呢，在市委宣传部当秘书，后来转调到法院，当过法官。现在算是个儒商吧。"

"怪不得您家这么多藏书呢，有文化的人。"修理工望着客厅里的一排书架，啧啧称赞。

"我还要等着用水，就麻烦你尽快修理，好吧？"他皱眉说，声音不大，但他有意识地融入了一种威严，虽然语气委婉，但是让人不能抗拒。

"好的，好的，那您忙，我去干活。"

问题不是很大，修理工换了一些零件，很快就修理好了。

"李先生，50块。"

"50块？修理个破水管也要这么多？你这分明是变相抢劫！"

"那些零件也要30多块钱，加上车费、技术费，我们也不容易，李先生您是做大事的人，哪能看得上这么点儿小钱？"

"好了，好了，40块钱，就这样。"

"大热天，来回跑了一个小时，才挣3块钱……"修理工嘟囔着，走了。

送走了修理工，他继续看电视。"野狗在遇到比他更凶猛

扛着问号走路的人

的动物，例如狮子或者豹子时，它会伪装弱小，利用智慧中的奸诈部分来保护自己……"

门铃再次响起。

"呀！张局长，刘校长，快请进，快请进，天这么热，两位……"

他把两位贵客人迎进屋后，赶紧泡茶。

"小李老师啊，你别忙，我和刘校长代表教育局和教委来看望一下青年老师的情况，如果有什么困难，尽管提。"来者说。

"感谢组织，感谢张局长和刘校长，我没有什么困难。不过，要是组织信任我，我一定努力，以承担起更重要的责任来。"

刘校长哈哈一笑，拍了拍他的肩膀："小李老师，有前途，好好干，我看好你啊。"

他听后，受宠若惊。

送走两位贵客，他继续看DVD："总之，野狗对待不同的对象时，表现出不同的性情。因此，动物学家把这种现象称为野狗的面具……"

白手起家的秘诀

有个有志青年，觉得自己才华横溢，于是，他决定离开家乡，来到京城，要靠自己的努力去闯一番事业。

可是，天不遂人意，他虽然有才华，但生性清高，为人又桀骜不驯，难免四处碰壁，10年过去，他仍旧是一事无成。于是，他灰心丧气，创业的豪情跌落谷底，他决定收拾行囊离开京城，回家乡去。

临行前,他向一个朋友告别。那个朋友听后,想了想,给他指了一条路,说:"我的一个朋友,他表哥是一个亿万富翁,当年初到京城时一文不名,但经过多年努力,他现在坐拥亿万家产,应该是白手起家的典范,要不,你去拜访一下他,让他帮你分析一下其中的原因?"

于是,这个青年就听取了朋友的建议,想法去拜访这位亿万富翁。

很快,他就见到了那位白手起家的富翁。那位富翁听完他的来意后,沉思了片刻,然后让他详细讲述一下,来京城这么多年,留给青年印象最深的3件事情。

青年想了想,讪讪地说,第一件印象最深的事,就是第一次被一个老板辞退,他觉得自己没有错,提出的建议也完全是为了公司考虑,但公司就是不听取,不但不听取,反而以傲慢和不服从管理为理由辞退了他。因此,他和老板在办公室里大闹了一场,最后摔门而去。

富翁听后,点了点头,继续问那个青年:"那第二件呢?"

青年又想了想,不好意思地说:"第二件事情,是不知道第几次失业后,因为无钱付房租,被房东赶了出来,不得不流落街头,在一个桥洞下住宿了几夜。"

富翁又点了点头,接着问:"第三件事情呢?"

这次,青年有些激愤地说:"第三件事给我印象最深的,莫过于人性的卑劣了。我借钱给一个好朋友,到期后,他不但欠钱不还,竟然还反咬一口,说他从来没有借过我的钱,说我根本就是诬陷他!"

富翁听后,反问他:"那你想从我这里得到什么呢?"

青年忐忑不安地说:"我想听一下您的成功经验,知道您是如何从一无所有,成为亿万富翁的。"

富翁说:"其实,我可以看出,你是个很有才华的人,我

扛着问号走路的人

也很乐意帮你。我的秘密，说来很简单，两个字就可以概括。"说着，富翁拿出一支笔来，在一张雪白的纸上写下两个字，然后交给青年。

青年无比激动地用双手捧过那张纸，一看，顿时一头雾水，他疑惑不解地问："就是这两个字吗？"

富翁微微一笑，说："是的，就是这两个字。假如你能参透这两个字的真正含义，成功，对你来说，应该是十分简单的。因为你完全具备成功的基础，欠缺的就是通往成功的方式。"

然后，富翁就下了送客令。这样，尽管青年无比困惑，但他不得不带着那张纸条，思虑重重地离开了。

对着纸条，青年彻夜琢磨，但他看来看去，纸条上就是那么两个字——"白手"，看不出任何玄机。

就这样，直到天亮，他才昏昏沉沉睡去。梦里，他梦见那两个字打起架来，一会儿"白"字摔倒了"手"字，一会儿"手"字按倒了"白"字。当"白"字站在"手"旁边时，他瞬间从梦中惊醒了，大呼："妙哉，原来这两个字的玄机在这里！"

左边提手，右面"白"，组合一起，分明是一个"拍"字。原来，这就是白手起家者需要知道的秘密。

很快，青年振作起来。他找了一份新工作，在新单位里一扫往日清高的样貌，放低姿态，对人热情谦虚，逢人就送出一顶洋溢着无比赞美的高帽，让人听了，觉得十分舒坦。所有和青年接触过的人，都夸他会说话、能办事，是个前途无量的小伙子。

这样，青年慢慢得到新单位老总的器重，不断地被提拔，等他靠着这个高明的"拍"字积攒了一定人脉后，果断离职，创立了自己的公司，不到5年，他也成了一位千万富翁。

扛着问号走路的人

有一天,这座城市里突然出现一个行为怪异的人,他表情严肃,不言不语地行走在人群中,肩膀上扛着一个大大的好像是问号形状的东西。

对于他的出现,大家最初并没有过多关注,以为他是某个建筑公司或者设计公司的送货工,仅仅投之以诧异的目光,在他肩膀上那个问号形状的东西上注视片刻,除了感觉稍微有些好奇之外并无其他。但后来,市民们见他每天都扛着那个大大的问号,准时从市中心广场穿过,然后经过银行、市政府办公大楼等建筑,就觉得这事情不那么简单了。

首先,有市晚报的记者注意到了这个行为怪异的人以及他肩膀上扛着的那个问号形状的东西。那个记者一等那个行为怪异的人出现,就匆忙奔上去,选定角度,"咔嚓咔嚓"拍了几张照片后,问他:"先生,你为什么要扛着一个问号在广场上走来走去呢?"

那个人一脸严肃,看都不看那个记者一眼,旁若无人地从记者面前经过。记者急忙追在后面,语气变得有些恭敬,他又小心翼翼地问了一个问题:"先生,您是不是一位行为艺术家?您这么做一定有什么特殊含义了,难道是因为您觉得这个广场有些问题存在吗?"

那个人仍旧没有回答,只是停住了脚步,看了记者一眼,继续扛着那个问号往前走。

这下记者申请变得更为恭敬,他停下脚步,对着那个人远去的背影大声喊:"我知道您的意图,先生,您一定是位伟大的艺术家,以这种方式来表达您的艺术见解,来表达对这个广

第三辑 人生没有「早知道」

扛着问号走路的人

场那些缺乏艺术气息的雕塑的不满！"

回答他的，是那个人用手高举了手中的那个问号的举动。记者欣喜若狂，他满怀崇敬之情地对一旁围观的行人说："这就是伟大的艺术家的风范，他用行动告诉我，我说得没有错！"

很快，当天的晚报就刊登出了那个记者写的新闻稿，这篇新闻全篇充满了赞誉之情，说这位来历不明的艺术大师，正在以某种方式来抗议广场上那些雕塑艺术的低俗，最后还建议政府有关部门撤换这些雕塑，由此才能改变这座城市在那位艺术大师眼中的形象。

很快，广场上的一些雕塑被悄悄搬走了，广场上重新换了一批新的雕塑。然后，那个行为怪异的艺术家以及他的问号，再也没有出现过。

于是，那个晚报记者再次写了一篇稿子，盛赞政府有关部门的英明决策，说新换的这些雕塑更符合市民们的审美观，也更适合这座城市。

在另一座城市里，那个曾经高举问号的人，正在和一位朋友喝咖啡。他显得神色轻松，而他的朋友坐在他的对面，则是一脸沮丧和失意。

他脸上充满笑意，对朋友说："老朋友，这场赌局，你输了，我再重申一遍我的立场，艺术的力量，是抵不过世俗的猜忌的。"

他的朋友叹息一声，默默地喝了一口咖啡，说："虽然你用行动验证了你观点的正确，只是可惜了那些雕塑，毕竟是我的心血之作。"

他哈哈一笑，说："老朋友，你不用担心这个，我已经将那些雕塑悄悄买过来，放在我家的后花园里。我知道它们真正的价值。"

 ## 病危之后

他和他同住一间病房,病症大同小异,诊断结果出来后,他们两个又在同一时间里,收到医院发的重病医疗单。

晚期,没治了,完了。他看到医疗单上刺眼的"晚期"两个字,觉得一阵窒息,仿佛整个世界都暗了下来,他的心陷入了无尽的绝望。

他看到旁边床上的病友也在拿着医疗单发愣,凑过去一看,同样也是那两个字"晚期"。一种同病相怜的感觉油然而生。

他哀叹一声,朝那个发呆的病友说,我说伙计,咱们没有多少活头了,还是该吃什么吃什么,该喝什么喝什么,人这一辈子啊,就这样了。不过,我也没有啥遗憾了,就这样走了,也值得了。

只是,那个病友没有回答他,仍旧看着病历单子发愣,眼睛里有大滴大滴的泪水流出。

世上还是怕死的人多啊。他看着那位病友,心里有些鄙视。他想劝劝他"事已至此,要想开点儿",甚至想说句"两个人做伴,就是真死了,同伴同行也不寂寞"的玩笑话,又觉得难以说出口,只好对着自己的病历单发呆。

还是趁活着,赶紧享受一下吧。他这样想着,开始想自己哪些想吃的美食没有吃,哪些想玩的地方没有玩,开始给自己制定计划。他决定接受残酷的事实,珍惜最后的人生,尽可能减少遗憾,不再虚度人生最后的岁月。

那个病友呢,仍旧是拿着医疗单发呆,他不吃不喝不睡,一连两天,神情变得分外憔悴,病情也迅速恶化。他看到医生多次过来劝那个病友,要正常进食,要端正心态,积极配合医

第三辑 人生没有"早知道"

扛着问号走路的人

生治疗……甚至有一次,他看到那个病友抓住医生的大白褂,跪在医生面前,哀求着说,我不想死,我不想死啊,医生,您一定要救救我,一定要救救我……

3个月后,他的病情再度恶化,不过,他觉得自己不虚此生,毕竟,上天还留给他3个月的时间来满足他的愿望呢,弥补了他不少遗憾,例如,那些原来一直想吃的水果,美美地吃了不少,一直想玩的某个游戏,家人也满足了他的要求,让他美美玩了一次……宽裕的时间,让他做好了充分的心理准备,至于即将到来的死亡,他倒并不觉得那么可怕。

他躺在病床上,已经翻身困难,但他相信自己是一个勇敢的人,是一个敢于面对死亡的人。看看对面那个病友吧,那可真是个怕死鬼啊,你看看他的神情更加憔悴,整日里神志不清地唠叨着"我不想死,不想死……"好像说这些,就可以唤起死神的慈悲之心、就可以让死神放过他一样。试问,活得好好的,谁想死呢?可当死亡来临,我们又怎么有能力抗拒呢?

他费力地看着那个怕死的病友,甚至不怀好意地心想,是他先走呢,还是我先走,还是两个人不分先后呢?我要看着他先走……

他终究没有看着那个病友先走。

最后一次检查结果出来,他已经陷入最后的昏迷,他的家属也已经准备好了他的后事。只是,他仍旧坚持着,仍旧努力坚持着,想走在病友之后。他始终有一种错觉——那个病友坚持不了多久了。

这样,又过了一天,在迷迷糊糊中,他惊诧地听到一个天籁般的声音:"这真是一个奇迹!经过复诊,您的病情已经大大好转,再经过几个疗程治疗,相信您很快就可以康复。"

他几乎不敢相信自己的耳朵,费力睁开眼睛,却发现那个医生不是在对自己说话,竟然是在对那个病友说。

怎么可能呢？怎么可能呢？他想。

"请问是什么支持您战胜病魔，从绝境中求生呢？"医生满脸疑问地问。

这也是他想知道的，于是他费力地打起全部精神，听到了人生的最后一句话。那句话充满喜悦和激动，蕴含着无限希望和生机："谢谢您，大夫，谢谢您！我只知道我不能死，因为我还有两个娃娃要养活，我死了，他们也就没法活下去了，所以，我无论如何都不能死……"

原来是这样。他哀叹一声，眼无力地闭上，他的世界从此陷入黑暗。

命有贵子

张老师是教我们几何的，出身名校，算得上是青年才俊。根据班级里传来的小道消息，他已经有两个千金了，可也许是因为他老家的父母有重男轻女的观念，也许是因为他自己有盼子心切的念头，张老师还想要个男孩。

那天，我们几个女生上街，偶然回头，发现一件蹊跷事，我们从一个算卦摊上看到了张老师的背影，他鬼鬼祟祟躲躲闪闪的样子引起了我们的好奇，没有想到张老师也来算卦了。

于是，我们几个女生悄悄凑上前去偷听，一听就忍不住捂着嘴笑了。果然，张老师是在求签问卦，他问那个算命的老头，自己命中有没有儿子。

嘻嘻，这下好玩了，没有想到，教起几何一脸严厉的张老师，竟然还为这个问卦。我们站在旁边，看那个算卦先生一阵念叨，

扛着问号走路的人

什么属性啊，什么生辰八字啊，等等。最后他给张老师得出了一个结论：命中尚有贵子，最宜今年要。

张老师听后，显得十分高兴，他满脸带笑，急匆匆付了卦资，就骑着电车远去了，竟然没有发现我们几个女生在旁边偷看。

很长一段时间里，张老师算卦问儿子这件事，成了我们班级同学间盛传不衰的一个经典段子。大家都说，看来，张老师是真想要个"贵子"了。

高二下学期结束后，突然有一天，我们看到很多老师都去张老师家喝喜酒了。原来，张老师果然又有了一个孩子。我们纷纷猜想，张老师一定又有了一个儿子，这还真被算卦的那个老头说中了。

不料，第二天，等我们恭喜张老师时，他却满脸愁云。我们问："张老师，您想儿子就有了儿子，也算是得偿所愿，怎么不高兴呢？"

张老师说："什么儿子啊，还是一个丫头。"

看到张老师不开心的样子，我们吐了吐舌头，不敢再多问。只是心里有些纳闷，那天我们看到的那个算卦的老头，不是说张老师命中有贵子吗？

课间，这个疑惑被教我们数学的刘老师给解了。

刘老师在和张老师课间闲聊时，聊到了张老师的"贵子"上，而丝毫没有注意到他们旁边有一张张耳朵正在支棱着偷听。

张老师有些郁闷地说："别提那个算卦的老头了，我找他理论，说他算卦蒙人，明明是一个女儿，怎么也成了贵子？他竟然不紧不慢地问我，那个孩子罚款多少钱？"

"你怎么说的？"

"还能怎么说，实话实说呗。我告诉他，5万。"

"那算卦老头怎么说？"

"哎，那算卦老头说，被罚款5万，你还说那不是贵子？

要多贵才算贵？"

听得我们几个学生在一旁捂嘴偷笑。

聪明伯和糊涂伯

兰花镇上，最有钱的人其实并不是聪明伯。虽然他自己经营着一个茶庄，儿子也经营着一家肉铺。但他是个爱面子的人，十分讲究排场，所以给人一种印象，那就是聪明伯是兰花镇上最有钱的。时间长了，兰花镇上的人还都承认他是兰花镇的首富了。

既然是当之无愧的首富，凡事更要讲究了，所以，这次聪明伯外出去一个盛产花茶的茶乡谈生意，就想带一个漂亮的女秘书，以彰显自己首富的身份。可他虽有这个想法，却也不敢公开招聘什么秘书，他怕影响不好，怕人说闲话——毕竟他那杀猪的儿子还没有媳妇呢。

揣着这个心思，聪明伯到了茶乡，一下火车，就有一辆崭新的轿车停在了他面前，随后，一个娇滴滴的声音传来："先生，您打车吗？"聪明伯一看就明白，这就是所谓的"黑车"，他本想拒绝，可一看到女司机漂亮的眼睛，顿时来了个主意，毫不犹豫地说："打！"

聪明伯上车后，故意和女司机搭讪。女司机好不怯生，声音妩媚，聊起茶乡的风俗以及人情，显得极为健谈。聪明伯见已熟络，就试探着问她："小姐，你这一天能挣多少钱呢？"女司机叹了口气，说："先生您一看就是大老板，我就是混口饭吃，随便找点儿事做，一天哪能挣多少钱啊，也就是比在家

扛着问号走路的人

闲着没事干强一些罢了。"

聪明伯说:"我有件事,不知当讲不当讲?"女司机说:"老先生您有话就说嘛。"聪明伯说:"是这样的,我的女秘书呢,她这段时间感冒了,这次出差就没有跟来。而我今天又要去见一个重要客人,一个人去有些掉身价。毕竟,有些事总不能让我这个总经理去做嘛,所以,我想聘请小姐给我当半天秘书,不知道小姐觉得怎么样?要是愿意,这500块钱,你收下。"

女司机听后,很是高兴,毫不犹豫地答应了下来。

随后的一切都像聪明伯想象中的那样顺利,他带着漂亮的女秘书逛茶市,拜访客人,无论走到哪里,都显得颇有首富风范,十分引人注目。而那个漂亮的女司机呢,无论走到哪里,总是一脸笑意,十分乖巧地跟在聪明伯身后,这让聪明伯自然是暗自得意了一回,觉得这500块钱一点儿都没有白花。

美中不足的是,有一笔退货款还没有要到手。那个老板姓王,这边退货有一年多了,多次向他催要货款都没有结果。不过,好在对方也答应了,明天一准给他送来,也算行程有个圆满结局了。

谈好生意后,聪明伯乘坐着女司机的车回到下榻的宾馆,又奖励了女司机100块钱,把她高兴得喜笑颜开。

第二天,聪明伯装扮一新,赶往和那位王老板约定的地点,不料等了半天还没有等到。聪明伯十分愤怒,打电话给那个王老板,开口就质问他为何失信。谁知道,那王老板一头雾水地问:"怎么可能呢,那笔钱你怎么还没有收到呢?我昨天晚上就把钱给你筹好了啊,恰好遇到你那秘书了,就托她给你捎回去了。"

聪明伯一听,就傻眼了。

罗丹拜师

有一位立志从事雕塑艺术的年轻人，手持导师的介绍信，前来投考巴黎美术学院，不料，他竟然落选。第二年，他依然热情蓬勃地报考，但依然落选。他不灰心，参加了第三年的考试，不料，仍旧被拒。一位年迈的导师，甚至在他的名字旁边写上："此生毫无才能，继续报考，纯系浪费。"

就这样，这个年轻人在遭遇了沉重的打击后，失魂落魄地告别了自己心中的理想圣地，甚至一度对自己的艺术天分产生了怀疑，滋生了放弃自己喜欢的这个事业的想法。

在他最消沉的时候，他的姐姐鼓励他，要勇敢面对自己的困境，执着追求自己喜欢的艺术。于是，他重新振奋精神：雇不起模特儿，他就请一个叫毕比的塌鼻乞丐给他当模特儿；练习雕塑的材料也是用了再用，努力坚持自己的梦想。

一天，他去拜访一位著名的动物雕塑家，打算拜师学艺。按照已经查好的地址，他来到一个远离城市的乡村小院里。

他站在院门前，狐疑片刻，以为自己走错了地方。很难想象，如此一位声名远播的雕刻大师，居然会远离闹市，隐身于此。直到院内传来一声声悦耳的敲击声，他才试着推开院门。朝院里望去，只见一个身材壮硕的老人，正站在一个猛虎石雕的雏形面前，静静地沉思，当若有所悟时，便挥锤去凿，悦耳的敲击声如风一般自然清新。

年轻人看了看那个雕塑，内心充满疑惑，因为他发现这个猛虎雕塑的雏形，在虎嘴里多了很多石料，这样一来，这只猛虎看上去就像一只没有嘴的猛虎，缺少了兽王的野性和威严。

年轻人有些失望，他心想这个人也许不是那位动物雕塑大

扛着问号走路的人

师吧,要不然,怎么会雕塑出这样不具美感的作品呢?他甚至心想,这肯定是个新手,不然,怎么会雕刻出如此下乘的作品呢?

正在迟疑间,只见那个老人似乎下定决心,双手一阵忙碌,随着时急时缓的节奏,很快,在猛虎口中出现了一只挣扎着的兔子!当那只企图逃出虎嘴的兔子雏形初现时,年轻人惊呆了。他呆呆地望着这一幕。很快,一尊生动的饿虎食兔的雕塑,就呈现他面前,传递出一种紧张而激烈的生命挣扎感,瞬间震撼了那个年轻人。

年轻人惊呆了,他已经知道那个老人就是他这次要找的人了。他带着无比崇敬的心情走进了院子,恭敬地问那位大师:"大师您好,请问您是如何想到让这个猛虎雕塑的嘴边叼着一只兔子的?"

大师转身,看到了年轻人,爽朗一笑,说:"在你来之前,我已经观察这个雕塑的原材料几个小时了,我仔细地研究了这块材料的质地和结构,又费了一番心血雕刻,才有今天你看到的这个作品。"

年轻人听后,若有所思。是啊,唯有全身心的投入,才能换来艺术女神的青睐。他觉得自己不虚此行,于是向大师说明了自己的来意,并诚恳地表示,要拜在大师门下,请求大师的收留。大师也没有拒绝,此后,年轻人就跟着这位名叫路易·巴里的动物雕刻大师学艺3年。

3年后,这位年轻人便凭借着自己对艺术的执着和韧劲,开始在巴黎艺术界崭露头角,最后终于成为一位在雕塑史上影响深远的艺术大师。

这个年轻人就是法国雕刻艺术大师罗丹。

面 试

某个不知名的集团公司在晚报上，用醒目的标题刊登了一则招聘广告："高薪诚聘，要求应征者胆大心细，认真负责。要求年龄在18岁到40岁之间，学历不限。只要您自认符合条件，可以带简历于4月1日到××区××路××大厦18楼1808房间应聘，应聘电话12345678。"

看到这个消息后，很多人大喜过望，都觉得自己完全符合招聘条件，纷纷准备简历，准备应聘。也有人觉得那不过是一个无聊的恶搞玩笑而已，试问，现在哪个公司招聘，不都是提出什么学历、资质、性别、年龄的要求，甚至还用被应征者的户籍地和工作经验等一大堆限制条件作为门槛的，哪里会有公司承诺高薪，而招聘条件又是这么简单的？甚至，就连一些报纸也刊登了关于这条条件少的招聘信息的新闻，引起一时轰动。

到了面试这天，很多自认为符合条件的应聘者云集而来，肖胜就是其中之一。

肖胜也算是出身名校，闲暇时候还爱写一点儿文字，发表一些小文章，也算半个文艺青年。可惜他时运不济，最近失业在家，眼看着坐吃山空，看到这条招聘信息，他第一印象觉得不可靠，不过，那个公司开出的高薪实在诱人，他心想反正自己闲着也是闲着，管它有枣没枣的，往树上打三竿子再说，于是振奋精神，早早出门，想抢占先机。

不料，等他到了面试地点一看，不禁一愣。这里早就排上了长队，有男有女，有久战沙场的职场老将，也有初出茅庐的毛头小伙。

面试地点是一个豪华的办公大楼，门是一推就转的大转门，

扛着问号走路的人

透过转门的玻璃,可以隐约看到里面站着几个保安。

肖胜站在队伍中,正在发愁不知道什么时候才能轮到自己面试。出乎意料的是,前面面试的速度很快,眼看就轮到他了。

看着前面一个又一个面试者垂头丧气地从那个门里走出来,甚至还有个从门里走出来的面试者冲着正在排队的人嚷嚷:"一群傻瓜,我们都被愚弄了!"

他听后,虽然有些诧异,但仍旧在队伍中坚持。他又重新琢磨了一下招聘要求,心想,你说回去就回去啊,傻子才花那么多钱在报纸上登广告做这愚人的把戏呢。胆大心细,认真负责,我哪一条不具备?这个职位就是我的了。

这样想着,肖胜走到了大转门前,推门进去了。

大厅里空荡荡的,只有几个五大三粗的保安在值班。看到他进来后,那个为首的保安对他说:"你好,先生,我是这里的保安队长,请问你有什么事情?"

肖胜看了那个保安队长一眼,只见对方长得五大三粗的,满脸横肉,显得十分凶恶,不禁心里有些胆怯,他说:"我是来应聘的,去1808房间。"

那个保安队长说:"你有预约吗?"

预约?招聘广告上也没有写预约啊?肖胜有些纳闷,但看看保安队长那副公事公办的嘴脸,无奈地说:"没有预约,不过,我带有他们的电话。"他赶紧把那张写有招聘信息的晚报拿了出来,找到了那上面留的电话。

那个保安半信半疑地接过来,看了看晚报,嘴里嘟囔着说:"地址是这个地址,可没有听说有这个公司啊,难道是谁有意开玩笑,要知道,今天就是愚人节啊。"

肖胜听了,想起今天的确是愚人节,心里一沉。联想起那个从门口走出的人,他再次怀疑这次招聘广告的真实性。不过,既然过来了,好歹等那个保安打完电话再说吧。

他看着那个保安拨号,两分钟过去了,保安放下电话,无可奈何地说:"电话无人接听。你还是回去吧,这应该是一次愚人节的玩笑。"

肖胜不信,他要保安再拨一次,这次他看着保安去拨电话,然后他站在保安旁边,盯着那个保安队长的手指。

那个看起来一脸凶相的保安队长,按照他的要求,又重新拨了一次电话。这次,肖胜看出来了,那个保安队长拨错了一个电话号码!他拨的不是报纸上刊登的那个电话号码!怪不得,他一拨号,就会从大厅另一端的某个房间传出"丁零零"的电话铃声。

肖胜为自己的发现而兴奋,他冷静地对保安队长说:"你拨错电话了。"保安队长一愣,嘴里嘟囔着说:"小子,你看错了吧,我拨的就是你留给我的电话,哪里错了?还是没有人接,你走吧。"

肖胜说:"那我来拨一次吧。"保安队长有些愤怒了,扔下电话,大声说:"我说你这个人,胡搅蛮缠怎么着,我说没有人接就是没有人接!你走不走,你不走,就是想闹事,闹事,嘿嘿,我这些兄弟可不是吃素的!"

说着,那个保安队长一个眼神,几个保安就不怀好意地围了上来。

肖胜有些胆怯,可他明明看到那个保安队长是拨错电话了,现在看他这架势,反而要滋事似的,于是他急忙对那个保安队长辩解说:"我不是这个意思,要不,我自己打电话问一下吧。"说着,他掏出了自己的手机,拨打了报纸上留的那个电话。

不料,电话仍旧是无人接听。那几个保安一脸冷笑地看着他。那个保安队长拍了拍他的肩膀,对他说:"我都说了几次了,兄弟,这只不过是愚人节的一个玩笑,你也信了。你还是回去吧。"

肖胜这次真的快要死心了。但他想了想,对那个保安队长说:

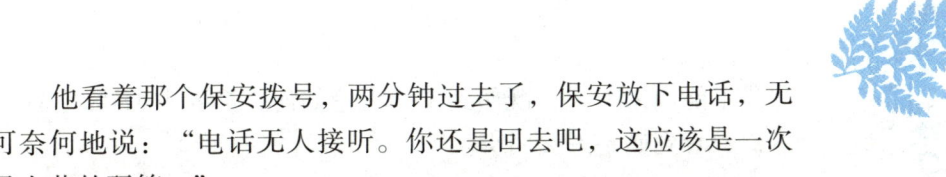

扛着问号走路的人

"我不能白来一次，既然到了，无论如何，都要去1808室看一下，看看到底是怎么回事。"

那个保安队长一愣，问："你真的打算上去？"

"嗯，我一定要上去。"肖胜拿定了主意，语气坚决地说。

这次，保安队长倒也没有为难他，对一个保安说："你带这位先生到1808室，让他看看，也好让他死了心。"

这样，肖胜跟着保安进了电梯。到了18层，那个保安一脸不耐烦地推了他一把，说："你快点儿。"这样，他在出电梯的时候一踉跄，随后听得脚下传来一阵哐当声，他这才发现电梯外竟然堆着一堆瓷器，而他脚下已经碎了几个瓷器。

不好，上了圈套了。这是他的第一反应。果然，那个保安一把拉住了他，扯着他的袖子往电梯里拽，一边拽，一边说："你这个人，怎么慌慌张张的，走道也不看着点儿，这下可好，你踩碎了人家的瓷器。趁现在没有人，咱们还是赶紧走吧，免得麻烦。"

肖胜看了看，外面空无一人，估计是搬运瓷器的人又都回去继续搬运了，把瓷器堆积到电梯口，打算一次搬走。他有些心虚，鬼使神差地被那个保安拉回了电梯里。

在电梯里，那个保安一笑，说："那些瓷器，可都是古董，据说值好几万块钱呢，你赔也赔不起。这样吧，你给点儿好处费，我就装不知道，你懂了吧？"

肖胜擦了擦脸上的冷汗，无奈地从腰包里掏出了500块钱给他。保安收下后，拍了拍他的肩膀，说："兄弟，看你诚实，我实话告诉你，我在这个大楼干保安干了5年了，根本没有听说过这个公司。这招聘根本就是一个玩笑，我说你还是趁早回去吧。"

肖胜点了点头，走出电梯，匆匆忙忙地离开了那个大楼。看着楼外排队的应聘者，他觉得应该把真相告诉大家，可想到他踏碎的那几个瓷器，又觉得此地不宜久留，还是逃离为上。

就这样，肖胜结束了他的这次面试。

3 天后，肖胜看到晚报的一个新闻，顿时惊呆了，只见上面详细介绍了那个愚人节招聘。原来，一进入大厦，应聘者就进入了面试程序：能发现保安队长拨的是错号码，是第一关，证明应聘者符合心细的条件；能不顾面貌凶恶的保安队长再三阻拦，执意要到 1808 室，是第二关，证明应聘者符合大胆的条件；而踏碎那些有意安排的瓷器，等主人来赔钱，是第三关，考察的是应聘者是否负责的条件……

人生没有"早知道"

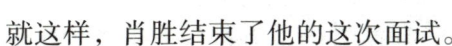

一天，我的一个远房叔叔来我家。他也算是个成功人士，有自己的公司，于是，我就问他，从他自身的经历出发，认为要想获得成功，需要具备哪些条件呢？

他微微笑了，用手指头敲了敲头，说："这个问题很大啊，也很难回答。"看到我着急的样子，他又若有所思地说，"我给你讲一段我亲身经历过的事吧，对你也许会有启发。"

然后，他就讲起了他多年前大学放假，乘坐火车回家的一次经历。

当时，正值民工返乡潮，车厢内早已人满为患，过道里也站满了乘客。自然，他和其他两个同学兼同乡都没买到坐票。可是，离家还有 2000 多里地，需要 20 多个小时才能到家，难道就这样站一路吗？他对其他两个同乡说："要不，咱们走一下，看看其他车厢怎么样？说不定会有空座呢。"

一个姓王的同乡看了看拥挤的过道，皱着眉说："你看看，

扛着问号走路的人

这过道都堵得水泄不通，连站着的地方都没有，其他车厢怎么可能会有空座？"

另一个姓李的同乡，一上车，就将随身携带的一个行李箱放在地上，然后在行李箱上勉强坐下了。虽然有些拥挤，但在3个人中，他是唯一可以坐下的，自然也是最为舒服的一个。因此，他想了想说，我不去了，我就坐在这里吧，说不定座位没有找到，反倒把这个位置弄丢了。

于是，就这样，叔叔告别了两个同乡，扛着自己的行李，开始从一节节车厢里穿过。果然，每个车厢里人都很多，他挤在人群里，眼睛寻觅着座位。但遗憾的是，半个小时过去了，他仍旧一无所获。不过，他发现，接连走了十几个车厢后，站在过道里的乘客渐渐少了，过道显得不那么拥挤了，有很多地方可以让他把行李放下来，铺在地上，像那个姓李的同乡那样，坐在行李上。

不过，他没有那样做，而是继续往前走，他坚信，偌大一辆火车，乘客上上下下的，一定会有空座在等着他。但是，直到他走到了火车头，也没有见到一个空座，只是，虽然火车头部第一列车厢内仍旧没有空座，但过道却冷冷清清，只有稀稀拉拉几个站着的乘客。

于是，他又从第一个车厢返回，重新经过第二个，第三个，第四个，仍旧没有座位。但他选择了人最少的一个，停在了那里。看看快到新的一站了，他开始观察那些有座位的乘客，凡是仍旧沉睡的，他一概不理，只去关注那些不时观察窗外，或者看手表的乘客。随后，他发现只有一个乘客不断地从座位上站起身来，伸缩一下懒腰，然后将水杯拧紧，并装进了随身携带的行李袋中。于是，他不动声色地走过去，靠近那里，等待着到站。

果然，火车到站后，那个乘客下车了，这样，他顺理成章地坐到了那个座位上,然后美美地睡了一觉。

火车到了终点,他下了车,问了其他两个同乡的情况,那两个同乡抱怨说,直到下车,那一个车厢里的过道上都站满了人,他们两个一个是站了一路,另一个虽然在行李箱上坐了一路,但行李箱却被他坐塌了。他对那两个同乡说了自己的情况后,那两个同乡后悔不已,都说,早知道,就跟你一起去其他车厢看看了。

最后,我的远房叔叔感慨地说,世界上只有靠自己的努力来创造的机会,却恰恰没有"早知道"。所以,今天,他成了公司老总,而那两个同乡,一个在一所普通中学教学,一个在小公司做文职。

踢猫的孩子

有个人,性情暴躁,在单位里常常和同事吵架。这天,他因为一件小事,被老板狠狠批评了一顿,并且当着全体同事的面,面无表情地告诉他,倘若他不能改变自己的火爆脾气,那就卷铺盖走人。

这样,他憋了一肚子气回到家里,看不下去电视,喝不下去茶水,只是坐在沙发上发呆。他整个心思都沉浸在怒火中,琢磨着老板会这么对他,让他在同事面前下不了台……想着想着,无名的怒火就冲上头脑。恰好,10岁的儿子放学回家,习惯性地将书包往沙发上一丢,正砸在他的腿上。这一下子将他的怒火点燃了,他一把把儿子的书包扔在一旁,随手抓住儿子,以乱扔东西为借口,狠狠地打了他一顿。

儿子本来好好的,莫名其妙地被父亲按倒狠揍了一顿,他

扛着问号走路的人

心里别提多憋屈了。可妈妈恰恰不在家,他有冤无处诉,只好揉着红肿的屁股,委屈地哭喊着出了家门。

儿子哭哭啼啼地来到大街上,自然是看什么都不顺眼,恰巧,旁边卧着一只懒洋洋的猫咪,正在睡懒觉。他认出这是邻居家的猫。他的怒气正无处发泄,又瞅着四下无人,于是抬脚往那只猫咪身上踢去。

一脚下去,只听猫咪惨叫一声,狼狈而逃。

猫咪本来正在睡懒觉,梦见捉到一只肥硕的老鼠,正要大快朵颐的时候,被人一脚踢醒,它心里自然也充满一股子怒气。

于是,可怜的猫咪一路哀号着,一路逃窜回家。但被人莫名其妙地踢了一脚的怒火,却无法发泄出来。它突然想到,在家里的厨房中,还有一窝小老鼠,它注意它们已经有一段时间了,因为它们太小,所以它一直没有下口。现在,已经养得差不多了,今天猫大爷被人踢了,心里很不爽,就拿那窝小耗子出出气吧。

这样,猫咪转身来到厨房,看到母耗子正领着一窝小耗子在游戏呢。猫咪选中那只最大的小耗子,一个突然袭击,将目标按倒在地。

猫咪的突然袭击,让母耗子和其他小耗子措手不及,它们惊恐之下,四散奔逃。幸运的是,那只猫咪知道环保,知道老鼠养大了再吃肉会更多的道理,倒也没有乘胜追击,只是叼着那只可怜的小耗子,准备进餐——它挨了那孩子一脚的怒气终于被抛到九霄云外了。

母耗子突然失去了最壮硕的儿子,悲痛万分,为了避免类似悲剧发生,它决定举家大搬迁,不再和恶猫为邻。这样,它带着剩下的几个儿女,浩浩荡荡进行迁徙。目的地,就是隔壁。

回过头来再说那个人。他打完儿子后,觉得出了不少气,自己弄了点儿凉拌猪耳朵,就着炒菜,喝了点儿闷酒,然后喝多了,呕吐了一阵,弄得沙发上都是脏东西。他也顾不得收拾,就躺在沙发上睡着了，因此，他丝毫也没有发现，一只母老鼠正领着一群小老鼠，从邻居家搬迁到他家。

很快，那些小老鼠嗅到了酒菜的气味。顺着气味，壮着胆子来到沙发上，发现一堆堆"美食"，于是，老鼠们以为它们这次真的来到了天堂。叽叽喳喳地围起来，大快朵颐。很快就忘记了刚才狼狈逃窜的不幸。

随后，他感到一阵揪心的痛，醒来一看，一窝老鼠正在自己头顶四散奔逃。他一摸疼痛处，弄得满手鲜血，对着镜子一看才发现，不知道什么时候，自己的一只耳朵被老鼠咬掉了一半。

踢猫的孩子之真实结局

有个人，性情暴躁，在单位里常常和同事吵架。这天，他因为一件小事，被老板狠狠批评了一顿，并且当着全体同事的面，面无表情地告诉他，倘若他不能改变自己的火爆脾气，那就卷铺盖走人。

这样，他憋了一肚子气回到家里，看不下去电视，喝不下去茶水，只是坐在沙发上发呆。他整个心思都沉浸在怒火中，琢磨着老板这么对他，让他在同事面前下不了台……想着想着，无名的怒火就冲上头脑。恰好，10岁的儿子放学回家，习惯性地将书包往沙发上一丢，正砸在他的腿上。这一下子将他的怒火点燃了，他一把把儿子的书包扔在一旁，随手抓住儿子，想要以乱扔东西为借口，狠狠地打他一顿。

正当他要打儿子的时候，儿子突然挣扎着，转过身来，用

扛着问号走路 的人

异样的声音对他说:"爸爸,你打了我不要紧,然后我就会出门,踢了邻居家那只本应该正在睡懒觉的猫,然后那只猫会回到厨房,逮住一只小老鼠吃了,而那窝老鼠就会因为害怕,搬迁到咱们家,接下来,它们就会咬坏你的耳朵……"

听到这里,他突然愣住了,半信半疑地说:"小兔崽子,你就瞎编吧,老鼠怎么能咬着我的耳朵呢?"儿子自信地说:"因为你打了我后,会一个人喝闷酒,然后会喝醉,然后会躺在沙发上睡去,老鼠会在那个时候过来,它们会吃你呕吐的东西,然后就会误咬了你的耳朵……"

一切听起来都顺理成章,他感到毛骨悚然,情不自禁地摸了摸耳朵。

"假如,我不打你呢,儿子?"他想了想,问儿子。

儿子眨巴着眼睛,说:"那就会出现另一种结局。我会乖乖地写作业,然后,我会帮助你做饭,等咱们吃完晚饭,你不会喝酒,而是会想法修正白天在公司里犯下的那个小错误,那样,你的老板也会因此改变对你的看法。我会给加班的妈妈打一个电话。咱家会有一个祥和的夜晚。那只猫咪会继续睡懒觉到天黑,然后回它家,吃它主人早为它准备好的猫食,而那些老鼠呢,则会一直在厨房里做游戏,它们也不会搬到咱们家里,自然也不会咬掉您的耳朵……"

他听到这里,将本来高举的手放了下来,轻轻地在儿子脸蛋上捏了一下,说:"走,乖儿子,咱们去做饭。"

就这样,10岁儿子的一个急中生智,缓和了父亲的急躁脾气,安抚了他,也逃过了一顿打。

邻居家的那只猫,一直懒洋洋地沉睡到天黑。

第四辑 **人品是个大问题**

童　心

扛着问号走路的人

赵局长正在给6岁的孙子讲童话。

他说，古时候呀，有一个残暴的国王，他喜欢吃一种稀有的海螺，于是就命令他的老百姓都到海里给他捉这种海螺。如果哪一天捉不到，他就大发雷霆，杀掉一个人。一天，大家都没有捉到这种海螺，人们害怕极了。正在这时候，一位白须飘飘的老神仙出现了，他将一只癞蛤蟆变成了一只像咱们的房子这么大的海螺，让人们去献给国王。大家兴高采烈地抬着这只蛤蟆变成的大海螺向国王的城堡走去……

赵局长刚讲到这儿，门铃响了。

他开门一看，熟人，是养殖场的小王和小马，两人照例给他送水产品来了。

小马和小王两人满头大汗，抬着3只黑色的编织袋。赵局长将他们让进屋后，习惯性地往门外瞅了瞅，没人。

他回身对孙子说："乖，爷爷有事情和叔叔们说，你先去玩，回头爷爷再给你讲故事，好不好？"孙子很听话，蹦跳着出门去了。

关上门，赵局长含笑说："两位辛苦，先喝杯水。你们张场长真是好福气，有办事效率如此之高的部下。"

小王和小马抹了抹额头的汗，满脸堆笑，说："赵局长，您客气了，这是我们应该做的，应该做的，没有您这几年的关怀，就没有我们养殖场的今天。"

赵局长满意地笑了，指着那3只编织袋问："老张这次给我弄了些什么玩意儿？"

小马说："一袋甲鱼，一袋龙虾，一袋扇贝。"

放下东西，小王和小马就告辞了。

赵局长送走小王和小马没一会儿，孙子回来了，缠着他继续讲故事。

赵局长将孙子抱在膝盖上，慈爱地说，那个国王一见人们送来了这么大的一只海螺，自然高兴极了。他命令铁匠连夜打造了一个巨大的蒸锅，清蒸了这只海螺，然后他就拿了一把大叉子，吃着螺肉，边吃边往螺壳里走，一连吃了三天三夜。人们在外面等国王出来，等啊等啊，却见一只又大又丑的癞蛤蟆从里面蹦了出来，大家都明白了，原来他们那位贪吃的国王变成了癞蛤蟆。于是，无论这只癞蛤蟆蹦到哪里，人们都用唾液吐他，用石头扔他……

为了讲得更形象，赵局长一边讲着，一边向孙子表演那个变成癞蛤蟆的国王又蹦又跳的滑稽样，把孙子逗得拍着小手喊："打癞蛤蟆喽，打癞蛤蟆喽。"

中午吃饭的时候，孙子的神色有些怪怪的，突然很认真地问："爷爷，王八是什么？"

赵局长哈哈大笑说："傻孩子，放在桌子中央的不就是王八吗？"

"哦。"孙子盯着桌子中央的那盘甲鱼汤，很吃惊的样子，面色变得青白。

赵局长用筷子夹了一块甲鱼肉，放在孙子的小碗里，孙子却很快把它扔在地板上。

赵局长忙问："乖乖不爱吃？"

孙子的小嘴绷得紧紧的，不说话，只是用一双惊悸的眼睛盯着桌中央的那盘甲鱼汤。

赵局长说："这个很好吃的，乖乖以前不是经常吃吗。"

说完，他做了个示范，夹了一块甲鱼肉，往嘴里塞。

"爷爷，不要！"孙子突然大声哭了出来，小巴掌一下将赵局长筷子上的甲鱼肉打落，然后扑倒在赵局长怀里，搂着他

扛着问号走路的人

的脖子，晶莹的泪珠扑扑地落下："我不要爷爷变成王八，我不要爷爷变成王八！"

赵局长一愣，忙问是怎么回事。

孙子抹着眼泪说："那两个叔叔是坏人，我听见他们在门外说，谁吃了他们送的王八，谁就会变成王八！"

听了孙子的话，赵局长持着筷子的手僵在空中，再也放不下去了……

上帝的旨意

杰克失业了，原因很简单，就是老板认为他过于心地善良而不适合从事该项工作。失业后的杰克接着失恋了，理由是他的女朋友觉得他过于善良，善良到了软弱可欺的程度，自然也不能保护她的安全。当然，还有一个原因就是他现在已经没有了固定收入。失业加失恋后的杰克被房东无情地赶了出来。

开始流落街头的他，下定决心，要做一个坏人，一个彻头彻尾的坏人。

这时，熙熙攘攘的人群中，一个衣着时髦的女郎突然昏倒在大街上，身边散落了一地的牡蛎。杰克本能地奔过去，想送她去医院，可是他马上就抽了自己一个嘴巴，心里暗骂："杰克呀，杰克，你不是立志做个坏人了吗，你现在应该做的不是送她去医院，而是趁火打劫，落井下石，抢劫她的东西。对，行动吧，这可是一个做坏人的机会。"

于是，杰克咬咬牙，狠狠心，一把拽过女郎雪白脖颈上的金项链，在那女郎脖子上一阵鼓捣，好不容易才将那该死的项链给拽断。他嘘了口气，急忙站起身来要拿着项链跑开。

正在这时，那女郎却慢悠悠地睁开了眼睛，摸了摸自己的喉咙，说："噢，上帝，那该死的牡蛎终于下去了。"她随后一声惊叫，"我的金项链呢？我的金项链呢？"

接着，她看到了杰克手里拿着的断项链，马上意识到了什么。她连声感激地说："先生，一定是你救我了一命。上帝保佑你！我的项链……"

杰克无奈地把项链递过去。女郎粲然一笑，说："好心的先生，这项链我就送你吧。"

杰克拿着那女郎送他的金项链，心里十分懊恼。自己明明要做坏人的，却成了"好心的先生"，并且还为此收到了报酬。他悲哀地想，看来，无所不在的上帝处处和自己作对，即使连做坏人这一小小要求也不会满足他。

这时，旁边一个年迈的乞丐，端了一个破碗，向他乞讨。他顿时又想起自己的遭遇，想起自己发誓做一个坏人的雄心壮志，于是，他咬咬牙，争取从上帝手里夺来一个做坏人的机会。

他想起兜里有一个卵石。他决定要用这枚卵石砸破这老乞丐的饭碗。

他对老乞丐冷酷地笑笑说："好，我给你一个金块。"说完，顺手从兜里摸出一团东西，往老人的碗里砸去，然后他脸上现出一种幸灾乐祸的神色，准备欣赏老人看到自己唯一的吃饭工具破碎后脸上露出的可怜表情。

随着一声清脆的啪嗒声，老乞丐却神情激动地一把抓住他的手说："感谢上帝，您终于派来了这么一位富有爱心的青年！"

他才看出，原来自己一时心急，竟然将刚才那女郎送他的金项链丢进了老乞丐的破碗里。他正要挣脱老乞丐脏乎乎的手，老乞丐却用另一种不容他辩解的口吻，威严而又不失和蔼地说："年轻人，你愿意继承一位垂暮老人的事业吗？"

扛着问号走路 的人

杰克大惑不解,嘲笑说:"你的事业?你是指跟着你乞讨吗?"

老人毫不在意地爽朗一笑说:"当然不是。我是一个千万富翁,可惜生了一些冷心肠的子女。他们为了争夺我的财产,彼此之间,明争暗斗,尔虞我诈,早已经失去了骨肉之情。所以我在上帝面前发誓,我宁愿把自己的财富交给一位正直的、关心我的、可以让我感觉到温暖的陌生人,也不愿意让我那些灵魂肮脏的子女坐享其成!这样,我才化装成乞丐,来碰碰自己的运气,看看能不能有幸分享上帝对他子民的怜悯,在人世间遇到一位像你这样慈悲心肠的人。我等了3年,终于等到了,所以,我要你继承我的事业和全部财产。"

杰克感到十分荒诞。这对于自己来说,是一件好事情。可是,可是现在自己却打算做坏人。如果接受了老人的遗产,那就是做了件好事,而不是坏事!而他也当不成坏人了。

他觉得自己很有必要解释清楚。于是他辩解说:"我是一个坏人。"

老人摇摇头,说,"我从来没见过一个能够坦白说自己是坏人的真正坏人。相反,倒是见过不少称自己是好人的坏人。小伙子,你骗不过我老人家的眼睛的。"

杰克真的着急了,他觉得自己很难和这老头说清楚。

也许,现在唯一能证明自己是坏人的方式,就是做一件足够坏的事情让这老头看看。

这时,过来一位快乐的小姑娘,她一边拍着自己新买的皮球,一边蹦跳着,开心地唱着甜甜的歌。杰克内心一动,一下子把小姑娘推开,抢过她的皮球,恶声恶气地说:"让我来踢一踢你的球。"

说完,就猛地一脚,把皮球踢向了半空。皮球画了一个漂亮的弧线,砸碎了一块玻璃后,飞进对面一家珠宝行。

小姑娘忍不住伤心地哭泣起来,一边抹着眼泪,一边呜呜着说:"你是一个坏人,你是一个坏人……"

老人顿时愣住了，几乎不敢相信自己的眼睛，嘴里嗫嚅着："你怎么能做这种事情呢，这种坏事情，不是一位热心肠的年轻人应该做的呀。"

杰克听着小姑娘的哭泣声，看着老人失望的眼神，内心深处充满了痛苦。善良的一面和邪恶的一面开始交锋。善良的一面说："悔改吧，可怜的杰克，再也不要让相信你的人失望了。"邪恶的一面说："做得很好，杰克。继续呀，你马上就有资格成为一个真正的坏人了！你应该想想自己做好人的结果！失去工作、失恋、被人驱逐、狗一样四处流浪……"

一想起自己做好人的时候受到的委屈，杰克再次坚定了自己做坏人的信念。他故意装出一个比较冷酷的微笑，对着老人说："你看见了，老头，我是一个不折不扣的坏蛋！"

然后，他转身欲走。

这时，从对面珠宝行里飞快地跑来几个保安，将杰克围了起来。杰克一愣，马上明白自己刚才那一脚球闯祸了，这几个保安是来收拾自己的。

果然，随后，一位胖乎乎的中年人气喘吁吁地跑来，手里拿着那个砸碎了玻璃的皮球。中年人打量了他一眼问："刚才是你踢的球，先生？"

杰克无可奈何地点头承认，然后摆出一副无所谓、任凭宰割的样子。

中年人一把抓住他的衣服。

凭经验，杰克就知道他要挨揍了，于是他闭上了眼睛，准备承受也许是暴风雨般的痛击。但他无怨无悔，他知道，人总要为自己的选择付出一定的代价，既然选择了做坏人，那么在收获到作为一个坏人应该得到的一切好处外，难免也要承受一些不幸。

不料，那中年人却把他紧紧拥抱在怀里，激动得口齿不清

扛着问号走路的人

地说:"感谢上帝总是在我遭遇危险的时候,派您的使者来解救我!"

原来这个中年人是珠宝行的经理。他向杰克讲述了事情的经过:一个持枪歹徒以他为人质,眼看就要打劫得逞的时候,一只皮球如同天外来客,砸碎玻璃,飞进大厅,不偏不倚,恰恰砸在歹徒持枪的手腕上,将枪击落。保安趁机将歹徒制服。

杰克听完,顿时傻了眼。他不禁暗叹一声:"这年头,坏人也如此难做吗?"

谁是凶手

C君一觉醒来,睁开眼睛,闪入内心的第一感觉就是不祥的预感:今天自己要死了。这种感觉来得莫名其妙而异常真切,使他几乎怀疑自己已经死过,而今是用鬼魂的方式在重复死亡历程。

他用手掐了掐自己的脸,感觉到一丝疼痛,确信自己还活着,这才松了一口气。但同时他又陷入另一次震惊中,因为他发现不知道什么时候自己的手中居然多了一张纸条,纸条上有一行清晰的暗红色字迹,散发着血腥气息:"你今天的确要死了,请猜猜谁是凶手。"

谁是凶手?

C君惴惴不安,开始不遗余力地绞尽脑汁进行猜想,如果他能事先猜想出谁是凶手的话,那么他就可以事先预防,采取一切措施,躲避过这次劫难。他找了一张纸、一支笔,将所有可能成为杀死自己凶手的人一一罗列。

他最先想起的凶手是自己的妻子。这几年来，他每年都会花一部分精力和金钱用在他妻子身上，当然不是购买时装，而是把她送往精神病医院。她不断逃脱，来来回回达8次之多。为了确信她还在精神病医院，C君马上打了一个电话给精神病院院长，得知自己的妻子还在医院里，并且"健康而幸福地生活着"的时候，他再三叮嘱院长，一定不要放她出来，一定，无论收多少钱都不成问题。

就这样，一个使自己生命受到威胁的潜在危险人物被排除了。

在划掉这个名字之后，他继续沉思，接着，他写下了自己儿子的姓名。

儿子有十分充足的理由来谋杀他，因为儿子明白其中内情，那就是他的母亲是一个正常人。不过，儿子离家出走已经7年了，一直杳无音讯。但正是这种杳无音讯，才让C君觉得儿子最有可能成为谋杀自己的凶手。

是的，儿子是最有可能成为凶手的。因此，他毫不犹豫地在儿子的名字后面画了一个红色的括号，括号里标注：最有可能。

正在C君沉思谁是第三个可能的凶手的时候，电话铃响了。他接起电话，对方用一种沉痛而低沉的声音向他讲述发生在遥远的W市的一场车祸。他听后，突然轻松起来："你确信是我儿子？""当然，C先生，我们肯定不会弄错死者身份的。遗憾的是肇事者身份不能确定，我们仍然在调查中。请您节哀顺变。"

接完电话后，C君用笔划去了儿子的名字，神色怆然，良久。

很快，C君从所谓的悲伤中解脱出来，感觉思维前所未有地活跃，各种可能威胁自己生命的面孔开始在脑海中飘来荡去，在这种有如神助的灵感激发下，他在已经划去的儿子名字后面，写下一长串名字，而每一个名字后面都隐藏着一张谋杀者的脸。

一页纸写完，他又取了一张纸。这张纸也很快写满，直到他感觉自己的手腕酸痛得无法落笔，才遗憾地放下笔来，望着

扛着问号走路的人

纸上挤得密密麻麻的名字。随后的灵感仍然促使他寻了一个空白的地方，加上了两个名字：精神病院院长，假货张。

精神病院院长既然可以收他的钱，把神经正常的妻子当作精神病人，当然也有可能收别人的钱，把活着的自己变成失去生命的尸体，所以他完全有谋杀自己的可能。

至于假货张，他是东街上专门回收二手烟酒兼出售高档礼品的老板，C君曾在他那里买了两瓶劣质的五粮液，送给了自己的上司，随后，上司就因酒精中毒身亡。想到这里，他在假货张后面加了一个括号，括号内标注：今天不收礼。

看着占据了满满两页纸的名字，C君心里开始有了一点儿安全感。但随后他被一个新的念头纠缠住：这些只是我周围的人，我所熟悉的人，可是，那些更多的不知道名字的陌生人呢？要知道，许多人的死亡都是莫名其妙的，都是由陌生人来结束他们的生命的，并且陌生人从来不讲什么动机，就像刚才电话中那个开车撞死自己的儿子后消失得无影无踪的陌生人一样，蓦地出现，结束一个生命后，又蓦地消失。每一个陌生人都是自己生命的潜在终结者。

C君一想到这些就头痛欲裂："这么多人，他们都能要我的命，都具有杀我的机会，到底谁才是凶手？"

突然一个声音在客厅里响起："对，猜猜到底谁才是凶手？"

C君的脸色瞬间变得苍白，转身四处张望，却没有发现任何人。他的眼神里闪过一丝惊惧，壮着胆子喝问："你，你，你是谁？"

"我是你的上帝。"

C君眼神闪过一丝嘲弄："你是上帝？可你没有权力处理我的生命！事实上，我只是一个生活在虚拟世界中的虚拟人物，是一个名叫尹利华的小说家，构思出的一篇名为《谁是凶手》的小说中的一个虚拟人物而已。对于我来说，作者才是我的上帝！"

"我就是作者，就是创造你的上帝。"那个声音说。

C君脸上马上显出悲痛欲绝的神色："我的上帝啊，你为什么给我出了这么一道难题？"

"我给了你家人，你却没有珍惜亲情；给了你朋友，你却淡漠友情；给了你工作，你却没有把它当成事业。对于我来说，你是我创造出来的一个失败的产品，你没有体会出生活的真正含义，即使是在虚拟世界中。从你所罗列出的那两张所谓的凶手名单中，就可以看出，生活在这样一个步步杀机的世界中也真的毫无快乐可言。所以，我要收回你的生命。"那个声音说。

"可是，在这个虚拟世界中，我通过自己的经营，如今是一个成功的大人物啊。我有许多搜刮来的金钱、费尽心机得到的官位、几个年轻貌美的情人……"

"你的金钱、官位、情人？哈哈哈……"那声音带着嘲笑，"而今，你必须要向他们说再见了，因为你注定要在今天死亡。"

C君终于绝望了，他力竭声嘶地喊着："可是，可是，你们人类中的一部分人的确是像我这样生活着的啊，难道我在虚拟世界中表现出了他们的本质也是一种错？"

沉默。半晌。

"无论怎么样，你注定要在今天死亡。"这个声音听起来近乎冷酷。

C君颤抖着双手，拿起笔来，在谋杀者的名单上添加了最后一个名字：作者。

第四辑 人品是个大问题

单位有只绿毛龟

小王病休在家，突然接到科长电话，需要从他电脑里调出一份资料，小王将密码告诉了科长。没过一会儿说，科长又打来电话，密码不正确。

密码怎么可能会不正确呢？小王让科长再输入一次试试看。科长不耐烦地说："都试过3次了，有密码问题提示，你告诉我答案吧。"

由于密码设置的时间太长了，小王说："我自己都忘记是什么样的提示问题了。"科长提醒他说："问题是'单位里我最敬佩的人是谁'？"

这下小王想也不想就说："是科长您啊。"

科长输入了自己的名字，果然正确。科长心里喜滋滋的，特意嘱咐小王在家好好养病，所有医疗费用，单位一律报销。

放下电话后，小王一阵雀跃。原来，前几天，小王偶然看到一篇小幽默，讲的是一个关于邮箱密码提示问题的故事，读后大受启发，就精心设置了这么一个圈套。

小王越想越得意，越想越感觉有趣。为了纪念这次成功，他情不自禁地打开自己的笔记本，把自己的笔记本密码提示问题和答案重新设置了一番。

傍晚，门铃突然响了，打开门一看，居然是科长和几位同事来探望他了。

进屋后，科长看了看小王的桌子上放着的笔记本电脑，兴致大发，对小王说："呦呵，比我的还先进啊，我来看看配置怎么样。"说着，科长启动了电脑。很快，进入输入密码界面。"呦呵，这电脑一定也有密码问题提示吧。来，小王，看看是啥提示。"

科长兴致勃勃地说,"啊,密码提示问题是单位有只绿乌龟?哈哈,这算哪门子密码提示问题嘛……"

小王听后,脸色大变,急忙上前拉住科长说:"科长,您请坐下喝茶,还是我自己来吧。"说着,就要输入密码。但科长却觉得好玩,想想自己是小王在单位最敬佩的人,那么谁是他心中的绿乌龟呢?科长想到这里,兴趣来了,推开小王的手,执意要从密码提示答案处进入,逼着小王输入答案。

小王脸色青一阵白一阵红一阵黑一阵。科长颇有人情味地一挥手说:"小王你大胆输入答案,就当是个玩笑。无论答案是谁,咱们都要保守秘密啊,不然会得罪人的。"

小王还是死活不输入。

还是科长主意多,他想了一个办法,反正单位人也不多,有名有姓的就那么几十个人,一个一个来试呗。于是,科长自告奋勇,首先输入了自己的名字。

不料,随着一阵悠扬的音乐声,电脑开启。

鸡王是怎样诞生的

凌晨4点,记者小林接到一个电话,说一艘客船在进港时失事了。小林赶到海难现场,只见乘客们已经陆续被救上了岸。这时,有一个乘客引起了小林的注意。这是一个40多岁的男人,他独自躲在角落里,怀里紧紧抱着一只大公鸡。在这样的生死关头居然有人死死抱着一只鸡不放,凭着职业敏感,小林觉得他一定有一些出人意料的故事。

于是小林有意和他套近乎,在闲聊中终于了解到,这人是

扛着问号走路 的人

牛角尖村的村主任，姓牛。牛主任骄傲地告诉小林，自己怀里抱着的是一只鸡王，本打算来这座因斗鸡闻名的海滨城市卖个好价钱，没想到遇上了海难。牛主任爱怜地抚摸着怀里的大公鸡，说："幸好，我的宝贝鸡王没事。"

小林仔细看了看牛主任怀里的鸡，这只鸡羽毛不鲜艳，爪子也不很尖利，喙也不是很突出，分明就是一只乡下随处可见的土鸡嘛，实在让人难以相信是一只鸡王。

牛主任压低嗓门，说："林记者，你可不要小看了我的这只鸡，它能斗得过全村的狗呢。我的命可以不要，这个宝贝可不能扔……"

一只鸡竟能斗过全村的狗？虽然在海难现场谈斗鸡斗狗的话题并不合适，但作为一名记者，小林知道，如果对方说的是真的，这件事还是有报道价值的。于是他留给牛主任一张名片，告诉他，有什么关于鸡王的消息，可随时联系，然后就匆匆赶回报社去了。

过了几天，牛主任给小林打了电话，他说："不知道怎么了，这鸡王一到城里，连普通的鸡都斗不过，但回到村里后，鸡王仍然可以斗过所有的狗，这是咋回事呢？是不是水土不服？真是邪门得紧。"小林听后觉得很有趣，他看看日程安排，恰好有几天休息时间，便决定到牛角尖村"拜访"这只神奇的鸡王。

刚一进村，小林就看到了让他终生难忘的一幕：一条膘肥体壮的大黄狗忽地从一条小巷中窜出来，边跑边往身后瞧，仿佛后面跟着什么猛兽。随后，一只气势汹汹的公鸡扑棱着翅膀跟了出来，正是牛主任的宝贝鸡王。

只见鸡王伸长脖子，往狗屁股上狠狠啄去，一叼就拽下来一缕狗毛。大黄狗痛得汪汪怪叫，更加不要命地逃去。鸡王见状，不再追赶，得意地收拢翅膀，神色倨傲地长鸣一声。一只路过的黑狗闻声吓得一哆嗦，夹着尾巴，灰溜溜地从鸡王身旁溜过，看也不敢看它一眼。

　　事实摆在眼前，这公鸡的确是鸡族中的异类。小林百思不得其解，这时，他见一个老头正坐在巷口晒太阳，便走过去，指着那鸡王向老头搭讪说："大伯，这是牛主任家的鸡王吗？"

　　老头咧嘴一笑："可不是咋的，牛主任家的鸡。"

　　"看这鸡不起眼的样子，怎么这么厉害？"

　　老头咂咂嘴说："村主任家的鸡，专门培训的，能不厉害吗？"

　　"专门培训？"小林想不到牛主任还有这本事，居然能培训出追着大黄狗满街跑的公鸡。

　　老头解释说，前几年村里狗多，牛主任家的鸡老是被狗追。牛主任恼火了，他规定，以后不论谁家的狗，只要咬掉他家鸡身上一根鸡毛，一律打死吃狗肉，还要赔款100元。说打就打，几个月就打死了好几十条狗，罚了好多钱。

　　小林奇怪地问："可现在，这鸡怎么反倒追着狗啄呢？"

　　老头嘿嘿一乐，说："是这样的，后来大家都学乖了，从小狗娃时起，谁家的狗一追村主任家的鸡，就往死里打，打几次后，狗娃就知道那鸡是碰不得的，长大后也不敢咬村主任家的鸡了，被那鸡一追，反倒吓得满街疯跑。"

　　小林听了老头的话，恍然大悟：原来鸡王是这样诞生的，怪不得一到城里，连普通的鸡也斗不过。但奇怪的是，牛主任怎么就没有想到其中的原因呢……

第四辑　人品是个大问题

扛着问号走路的人

人品是个大问题

  京城有一家酒楼,酒楼里有一个出名的李姓厨子,30多岁,长得五大三粗的,嗓门亮堂,在后厨房可着嗓子一吼,满酒楼的人都能听得见。因为他做得一手绝佳的醉鲤鱼,人送外号李醉鲤。随着名气渐大,李醉鲤有了自己的打算,跳槽去了一个韩国老板新投资的更具气势的火锅城,薪水立即翻了一番不说,还升职为领班大厨,在酒楼的地位仅次于经理。

  按理说,李醉鲤应该算是走进了人生的春天,正该春风得意马蹄疾,谁知道,一个大意,马失前蹄,倒霉事儿接二连三,如同浮在水中的葫芦,才按下这个,又起来了那个。

  李醉鲤的倒霉事儿要从上周六说起。那天下午,经理有急事出门,临行前叮嘱他:"李厨,你也知道,自从咱们的火锅城开业后,韩国老板还一直没有来过。听说他儿子在北京留学,说不定他会让儿子过来巡察,所以呢,你一定要注意,晚上让员工按时下班,不要早退。"随后,把老板的相貌对李醉鲤详细说了一番。李醉鲤拍着胸脯向经理做了保证,只是心里却没有当成一回事,他想:开业3个月了,老板都没有来看看,难道偏在今天过来?

  一直忙到9点半,看到店内逐渐冷清下来,李醉鲤松了一口气,出门瞅了瞅,发现空中飘起了雪花。还有半个小时就到下班时间了,店内一个客人也没有。李醉鲤就对员工说:"现在没生意,天又下雪,大家就早点儿下班吧,打烊了。"

  不料,他话音刚落,就感觉一道寒风从身后袭来,他一转身,看到一个小青年正推店门。李醉鲤转身拦住了他,说:"抱歉,我们这里打烊了。"小青年一愣,试探性地询问:"门口不是写着10点打烊吗？"李醉鲤听后，心头有些恼火，但也只好放那小青年进来。

小青年点了两个特色菜，要了一个韩国式火锅。一直吃到下班时间，还没有吃完。李醉鲤急得如同猫爪挠心，等得实在不耐烦，眉头一皱，心想：龟儿子，我让你吃！他偷偷地将中央空调打开，顿时，呼呼的冷气直对着那个小青年吹开了。

小青年越吃越冷，循着冷空气望去，终于发现正对着他吹的空调，顿时怒气冲冲，一拍桌子。大家都以为他要大发雷霆了，不料，他沉默半响，却喊了句："买单。"随后，拿出两张百元大钞拍在桌子上，转身走了。

第二天，李醉鲤就被免职了，经理也受了牵连，降了工资。因为那个小青年正是韩国老板的儿子，代他父亲来巡察火锅城的经营状况的，没有想到吃了李醉鲤一肚子冷风。

失业后的李醉鲤懊恼万分，在家闲了半年，而对着客人吹空调的事情，使得他的名声一下子就坏了，再也没有一个酒楼愿意聘请他。坐吃山空也不是办法，他只好厚着脸皮托一个相识多年的老朋友，好不容易才在另一家酒楼谋了一份新工作。经理一听李醉鲤的大名，本来是不想用的，但碍于推荐者的脸面，就把他安排到了打杂工的岗位上。

说起打杂工，那可不是个好活，基本上算是酒楼里最脏最累薪水最少的职位了。那个老朋友对他说，这份工作辛苦是辛苦了一些，但只要经受住考验，保证他会有重掌大勺、再次成为大厨的一天。按李醉鲤以前的心性来说，这份工作，无论如何他是不屑干的，可现在他却不敢挑剔，连连点头，把胸脯拍得震天响，向朋友保证说自己一定会好好表现，要靠人品说话，重新树立自己在行业里的声誉。

就这样，李醉鲤开始了他的打杂工生涯。每天6点之前，他就要把当天厨房里需要的各种蔬菜配备好，等陆续有了客人

第四辑 人品是个大问题

扛着问号走路的人

后，他还要兼做一些跑堂、洗碗的工作。酒楼一些大厨也有些人听说过李醉鲤的大名，就来虚心地向他讨教如何才能做好醉鲤鱼。结果呢，李醉鲤总是笑而不答，一副高深莫测的样子。

自然，外出买菜也成为李醉鲤的日常工作内容之一。因为酒楼生意不错，每天都需要大量鲜鱼，这样李醉鲤每天都骑一辆三轮车去海鲜批发市场买鲜鱼。李醉鲤和鱼打了多年的交道，自然总结出了一套判断鱼新鲜与否的标准——"一看二摸三嗅"："一看"就是看鱼眼，凡是眼球饱满凸出，角膜透明清亮，并且富有弹性的，那肯定是鲜鱼；"二摸"就是用手摸鱼身，鲜鱼感觉有滑不唧溜的黏液；"三嗅"就是嗅鱼鳃，根据鱼鳃的味道来判断是否新鲜。

李醉鲤去海鲜批发市场，往往先将三轮车停放在市场门外，然后从市场南门开始逛，遇到新鲜的鱼，就把手伸进鱼缸摸一下。但也只是摸摸，并不询问价格。等逛到市场北门，他就从北门口走出，从市场附近的一条小道迅速返回市场南门，重新走进市场，直接到看好的摊点前，招呼老板："老板，你这鱼怎么翻白肚了？可惜可惜，多少钱一斤？"

老板正瞅着满缸翻起白肚的鱼发愁呢，一听有人问价，急忙说："老板真有眼光，夜里拉来的鱼，新鲜得很。""这还叫新鲜啊，依我看，再不处理，估计都要发臭了。这样吧，10块钱一斤。"李醉鲤说。"老板，这可是上好的鳜鱼，我拉货还要30块钱一斤呢，市场价可是要50块钱一斤的。就是不知道怎么这么倒霉，突然就翻肚子了……""15块钱一斤。这也就是我们酒楼用，不然谁买死鱼啊。"李醉鲤毫不手软地杀价。

经过一番讨价还价，李醉鲤驮着半车翻白肚的鱼满载而归，出了海鲜批发市场的门，到了一处偏僻的地方，李醉鲤从兜里掏出一包粉末，倒进鱼缸里，说来也怪，本来已经翻白肚的鱼，回到酒楼后立马活蹦乱跳的，自然是按照新鲜鳜鱼报价了。

就这样，靠着买鱼的差价，李醉鲤每天都能大赚一笔。

俗话说得好，常在河边走，哪能不湿鞋。这天，李醉鲤照例买了一车翻白肚的鱼，没有想到，刚刚走出批发市场，就被久候多时的警察给扣住了。

原来，李醉鲤的行径引起了一个海鲜批发老板的注意，经过一番细心地观察，他发现了李醉鲤的小动作后，若有所思。从李醉鲤用手伸进过的鱼缸里取出水，找人化验了一下，结果出来了，水里面含有一种特殊的药物成分！这个老板不动声色，悄悄报了案。

很快，李醉鲤老实交代了一切。原来，李醉鲤根据自己多年做醉鲤的经验，发现一种叫作"醉菊"的植物，研磨成粉后，只需在水中放入少许，就可以使鱼出现短暂的沉醉状态，并且肉质也有了一种独特的香味。靠着这手绝活，李醉鲤才有了这么大的名气，只是谁也没有想到，他竟然将这个方法用在了邪门歪道上。

得知李醉鲤出事的消息，那个给他推荐工作的朋友只说了一句话："人品是个大问题。"

最后的证明

某银行行长怀特先生最近比较头疼，不知道谁和他作对，连接寄了几十封匿名信举报他受贿。风闻上面已经注意到他，近期要派调查小组调查他的经济问题。可不巧的是，这个节骨眼上，后院又失火，他老婆发觉他在外面养了个情人，母老虎发威，吵闹着要离婚，分割财产。在内忧外患、里外夹击之下，

扛着问号走路的人

怀特忙得焦头烂额,感觉自己正在人生路口上徘徊,一个不慎,名誉扫地不说,也许下半辈子要在监狱里度过。

思忖再三,怀特终于下定决心,给情人黛娜拨了一个电话:"亲爱的黛娜,我不知道该如何告诉你,我刚刚接到一个通知,说上面在考虑升我的职,最近要组织调查组对我进行一次考察,而作风也是在考核之列的,在这个敏感时期,如果我离婚的话……"

黛娜听后,沉默半天,反而安慰他说:"亲爱的,我知道你的难处。我能为你做点儿什么?"

"为了我们的幸福,为了我们的将来,只有暂时委屈宝贝了,今天晚上,我送你去其他城市,在那儿先生活一段时间,等调查工作结束后,我就和那个婆娘离婚!那时候,我要让我的黛娜做世界上最幸福的新娘……"怀特用尽可能温柔的声音说。

黛娜听后,又是一阵漫长的沉默,说:"那好吧,亲爱的,为了你的前途,也为了我们的将来,我接受这个安排。无论如何,我都希望你记得,我所做的一切都是为了你,包括我今天所承受的侮辱和现在的忍让。因为,我是真心爱你。只是,我希望今晚你能给我送行。"怀特答应了。

晚上,怀特为黛娜送行。他不知道说什么好,看得出,黛娜看他的目光有些悲哀。上车后,黛娜望着他的眼睛,说:"其实,我已经知道调查组是来调查你的经济问题。这些,你老婆今天已经对我说了。她还说,一旦她把你的事情捅出去,你下半辈子就要在监狱里待着了。你告诉我,这是真的吗?"

怀特不敢看黛娜的眼睛,心里对他的老婆诅咒千万遍。

黛娜从车内递过来一个手提袋:"也许,我再也不会回到这座城市里来了。袋子里面有咱们之间的一些过去,留下做个纪念吧。不管怎么样,我永远感谢你。"说完,她关上车窗,车子开动。

夜已经很深了,走在回去的路上,怀特显得心事重重。不管怎么样，这一切总算结束了。

突然，他一个趔趄，差点儿被什么东西绊倒。原来是一个乞丐睡在路边。他灵机一动，踢醒了那个乞丐，说："想不想发一笔意外之财？那跟我来吧。"乞丐半信半疑地跟怀特走了。

回到家里，怀特见老婆正满面怒容，端坐在沙发上等他。他赔着笑脸，说："亲爱的，所有事情都解决了，我向你保证，从今天开始，在这个城市里你再也不会见到黛娜了。"

怀特夫人却不为所动，随手拿出一张字据。他拿过那张字据一看，原来是一张财产单，上面清清楚楚地写着他们的全部财产，末尾有一行字："如果男方在外面有不忠行为，夫妻离婚后，以上所有财产全部归女方所有。"怀特无奈之下，只得签了自己的名字。怀特夫人满意地拿过这张字据，冷冷地问他："你带个乞丐回家干啥？"

怀特忙将自己的计划告诉了她。怀特夫人听后，什么话也没有说就去卧室睡觉了。

怀特看着怀特夫人的背影，松了口气，对呆立在一旁的乞丐说："你现在不是一个乞丐了，而是一个入室盗窃者，而我家呢，今天没有任何人。家里的东西，你想拿什么就拿什么。"

乞丐一听，害怕极了，他说："先生，我只是乞丐，随便给我点儿剩饭当夜宵就成了，我不做其他兼职的。"

怀特勃然大怒，在他的强迫下，乞丐不得不试探着拿了值钱的东西，而怀特表示很满意，并且指了指密码柜，说："我记得昨天我刚往里面放了不少钞票，钥匙就放在我书房第二个抽屉里面。"乞丐走进书房，找出钥匙，打开密码柜，抖抖索索地拿了一些钱。

乞丐临出门时，怀特说："你能走多远就走多远，永远不要出现在这个城市里。"

乞丐闻听喜出望外，急忙走出怀特家门。

扛着问号走路的人

"等等！"怀特突然说。

乞丐吓了一跳，以为他要反悔。

没有想到，怀特将黛娜送他的那个手提袋递给了乞丐："把这个袋子也拿走吧。"

第二天，银行行长怀特家失窃的事情成了各个报社重大新闻。各大报纸电台纷纷派来记者采访，采访中，大家了解到丢失的那些物品，已经是怀特家大部分财产。大家纷纷感叹："多么清廉的银行行长！"自然，调查组也看到这次新闻，就没有再来调查怀特。

半年后，正当怀特先生以为高枕无忧的时候，却东窗事发了。

原来，那个乞丐流浪到其他城市，很快将从怀特家里拿来的那些钱财挥霍一空，而在他从怀特那里得来的手提袋里，有一些黛娜的照片，因为黛娜长得漂亮，他舍不得丢掉，时常拿来向其他乞丐炫耀。不料，这引起了警察的注意，在警察的盘问下，乞丐交代了照片的来源，他嘟囔着说："警察先生，你要知道，我原本只是个讨饭的，可是那个先生主动要求我去他家盗窃，真是让人诧异的怪癖。在他的再三要求下，我不得不堕落为一名盗窃犯。"

警察在搜到的这个手提袋里，意外地发现了一张财产清单。在警察的追问下，乞丐一五一十地交代了他的奇遇，然后说："那天，我去那位先生家，我临走时，看到桌子上放着这个玩意，就顺手拿了出来，你要知道，我原本以为它是张支票呢。"

随后，一个名为"最后的证明"的爆炸性新闻横空出世了。银行行长怀特先生成为新闻人物。他终因无法解释那些巨额财产的合法来源而锒铛入狱。

 伤花怒放

他在京城做了一辈子官,而今终于告老还乡了。乘舟顺着运河而下,途径半路,靠岸休息,乘着船工上岸补充食物用品之时,他也步出船舱,临风观望运河两岸的风景。

突然,他眼前一亮,只见运河之畔,在那丛丛芦苇中,有一片翠绿,其中闪动着几朵水仙花,花冠清白,花萼嫩黄,花瓣卷成一簇,显得弱不禁风,惹人爱怜,醉人的清香随风袭来,让人心旷神怡。他看后不禁心动,命令手下人采集了3株,带回老家培植,借以老年自乐。

回到家乡后,他用最精致的花盆、最肥沃的土壤来精心栽培这3株水仙,以期待来年开出更亮丽的花来。这样,他的闲暇时间,就被两件事情占据了,一件是侍弄这3株水仙,另一件则是照看15岁的孙子吟诵诗书,孙子甚为顽劣,几个私塾先生都被他气走了,不过,他并不在意,觉得孙子天性不坏,少年顽劣也是天性,便任由他去,树大自然直。就这样,他一边照看着那些水仙,一边督促孙子用功,也算是颐养天年,得享天伦之乐了。

第二年,水仙花花期到了,那3株水仙被照顾得很好,植株墨绿,显得生机勃勃,只是,其中的两株却没有如期开花,剩下的一株也只有一个花蕾,开到中途,花蕾就枯萎了。他对此大惑不解,听说东林寺的方丈十分懂花,于是,他决定去拜访那个方丈。

方丈听了他的来意后,微微一笑,说:"这花是哑花。"他大惑不解,怎么成了哑花了呢?方丈说:"这花原本只是生长在河滨贫瘠之地,饱受虫灾旱涝不说,还常受冰寒霜冻之苦,生来又有芦苇遮天,得光不足,通风不顺,处此逆境中,十去其八,

第四辑 人品是个大问题

扛着问号走路的人

日久煎熬，偶尔得水滋润，剩余二株方才恢复生机。借水开花，风骨傲然，凌寒绽放，这才成为一奇。而今，您用最好的养料和水分来培育它们，却恰恰导致它们营养过多，只长植株不见花。"

他听后，恍然大悟。急忙向方丈求教："可有办法弥补？"方丈沉思了一阵，说了4个字："伤花怒放。"他听后，品味了一番，告辞而去。

刚到家，他就看到府第围了一群人，他一问，这才知道，原来孙子竟然趁他外出，纵狗咬人为乐，这不，咬伤了几个路人，大家一致来到他家门前，追讨公道。

他听后，觉得十分惭愧，急忙命人拿出银两来对伤者进行补偿，这才平息了众怒。看着那3株生机盎然的水仙花，他狠狠心，拿出一把剪刀，朝花球剪去，很快使花球上伤痕累累。他又倒去那些肥沃的土壤，将它们随意掩埋在院中一处长满石子沙砾的地方，再也不问。

然后，他命令孙子到大厅来见他。孙子也知道惹事了，跪在大厅，听候他的发落。他看着孙子，叹息一声，低声对身边管家交代一番，然后挥了挥手，对孙子说："你纵狗行凶，败坏我的名声，这个家已经容不下你，我已命管家，分你薄田3亩，耕牛一头，草屋一间，你且自力更生去吧。从此之后，亲情断绝，你就不要再进这个家门了。"

孙子一听，顿时惊呆了，他扑上去，哀求爷爷不要驱赶他离家。但他挥了挥手，示意管家将孙子拖出大厅。

一连两天，孙子跪在大门外，捶打着紧闭的大门。管家实在不忍，从门缝里对孙子说："老爷说了，要想认祖归宗，除非你有朝一日能够考中秀才。"

3年后，那3株水仙竟然绽放出瑰丽的花来，成为少有的异种，号称当地一绝。同年，孙子也考中了秀才。

技术含量

新来的马局长坐在轿车里,见开大门的老门卫手忙脚乱,半天没有拉开大门,于是说了声:"这技术含量也太低了。"身旁的办公室秘书小舟接了一句:"是啊,二大爷年龄有些大了。"马局长一愣,追问了一句:"他是你二大爷?"

小舟尴尬一笑,解释说:"他是原来局长的亲二大爷。所以,局里上上下下也都随着原局长叫二大爷。时间长了,就习惯了。"

马局长听完,闭目沉思半天后说:"连个门卫也要任人唯亲,他被双规也就没啥稀奇了。从今以后,咱们局要改变这种风气,公平竞争,任人为能,就从这门卫开始吧。"

小舟揣摩了半天新局长的意思,向他请教:"局长您的意思是?"

马局长说:"我的意思很简单,这个门卫要换人。本着公平竞争原则,公开向社会招聘。咱们开出优厚条件,一经录用,就给正式员工待遇,各种保险福利一应俱全,我还不相信招不到技术含量高一些的门卫。"

果然,招聘门卫的启示一贴出,立时吸引了全市所有门卫的眼球,报名者云集。经过初试、复试两轮残酷的淘汰赛,进入最后一关的有3个人。

最后一关面试,也是一个职业能力测试,由马局长主持。出于公平原则,马局长亲自设计了两套考试方案,甚至连考试地点都是两个,并且由全局员工监督,3个面试者以抽签的形式去抽考题。

第一个面试者年仅28岁,但从16岁就开始当门卫,也算有十几年职业经验了,加上正值年富力强,所以大家都很看好他。他抽出的是第一套试题,试题内容是,以最快的速度打开大门,

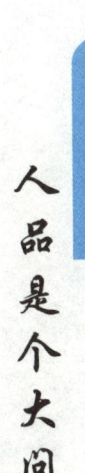

扛着问号走路的人

谁用的时间短，谁就是最终的人选。

果然，小伙子没有让大家失望，他干净利落地拉开了大门，仅用了40秒的时间。这个时间，比以前的二大爷开门的速度快了整整两分钟。

第二个面试者是一位相貌堂堂的中年人，一脸富态相，始终面带微笑，如同弥勒佛一般，不知不觉获得了大家的好感。他抽出的也是第一套试题，测试后，不快不慢，也是用了整整40秒的时间。看来，40秒是个极限了。

第三个面试者是个尖嘴猴腮的老苍头，须发皆白，眼神无光，给人的感觉如同一片在风中抖动着的枯叶。最要命的是，他自己还坦白说没有开这种大门的经验。大家都用一种怜悯的目光看着这位可怜的陪衬。

随后，老苍头也上来抽题。马局长说："鉴于前两名应聘者抽的都是同一套题，所以让他直接选第二套题吧，不然，第二套题就浪费了，大家说是不是？"

大家想想觉得马局长的话有道理，都赞同。第二套题果然和第一套题不一样，考试地点也有所变化，是兄弟单位——财政局。大家一听都愣了，财政局的大门是采用最新高科技遥控感应装置，自己局里的大门是人力推拉式，分明不是一个档次，怎么能测试出水平来？

带着一头雾水，大家乘车来到财政局门前。老苍头很熟练地走进门岗。马局长说了声"测试开始"，很快，崭新的大门刷地打开，时间不到30秒。

马局长满意地说："看看，这才是高科技，是技术含量高的操作方式。咱们也应该学习学习兄弟单位的先进管理经验，把大门换换，这样才能吸取优秀的高技术含量的人才来咱们局里落户啊。"

大家都觉得马局长说得不错，说马局长又给大家上了一课。局里很快安装了崭新的遥控感应装置的大门。

门岗里，有个老苍头看着电视。办公室秘书小舟来了，大声喊："四大爷，开门。"然后那老苍头应了一声，起身按了按一个红色的按钮。

大门刷地打开，小舟低声说了句："果然是高技术含量。"

戴着面具的人

有个政客参加了总统竞选，他去街上发表演说，四处拉选票。一天，他刚刚结束了一场激情澎湃的演讲，从演讲台上下来，觉得口干舌燥的，正要去喝一些水时，一个老太太从听众群里走了出来，双手紧紧握住那个政客的手，一边用力猛摇，一边激动地说："亲爱的，你还认识我吗？我还曾经是你的邻居呢，你小时候还在我院子里偷过葡萄呢，没有想到，而今你也成了大人物，要进行总统竞选了啊。"

他一愣，辨认了一下面前的这个老太太，发觉她隐约有些眼熟，印象中，好像小时候的确有这么一回事情。那时候，他很调皮，经常翻过自己家的墙，去隔壁邻居家偷葡萄，而邻居家的太太性格温和，每次发现他后，从不曾责骂他。后来，他们就搬家了，如今过去多年，早已经不再联络。没有想到，多年不见，今天却在这个场合下，遇到了这个老太太。

于是，总统候选人不得不忍住口渴，满脸微笑地和那个老太太拥抱，热情地问好，并极为关心地询问她的现状。

老太太显得十分健谈，她说："虽然你们搬家了，但我却从来没有忘记和你们一家做邻居的日子，那可真是一段快乐的时光啊。因此，当我知道你要参加总统竞选，并且举办演讲会的时

扛着问号走路的人

候,我就从千里之外的家乡,来给你加油助威。你还要知道,当年你可是……"

听到这里,总统候选人急忙清理了一下嗓子,微笑着打断了老太太,转移了话题:"您有什么我需要帮忙的吗?"这么一说,老太太果转移了话题,开始对总统候选人不停地抱怨,并提出了几个问题,如"假若你能当总统,那么会不会增加养老金"。

对这些问题,总统候选人笑容可掬地一一进行了回答,听得周围围观的选民,都报以热烈的掌声。候选人的邻居——那个老太太激动地说,我们全家一定要支持您当总统。并且,她还振臂高呼,号召周围民众都把选票投向无私正直的他。

总统候选人强忍着难耐的口渴,再次微笑,点头向选民们示意。在一阵掌声中,总统候选人终于登上了离开的汽车。

进入车内,他命令副手赶紧递给他一瓶矿泉水,一口气饮下半瓶矿泉水后,他感觉好多了,这才说道:"那个老太太,真不知道她从哪个坟墓里爬出来的,让我和这样一个老女人对话,对我来说真是一种痛苦的折磨。这个老女人问的每一个问题,都让我感到浑身起鸡皮疙瘩。"

可他没想到的是,他说这些话时,竟忘了关闭身上佩戴的麦克风,这些话被直播出去并记录下来,顿时引起了轰动。

很快,候选人就知道自己所犯的错误了。他非常沮丧,设法弥补,但遗憾的是,选民们却再也不信任他了,相反,大家都称呼他"戴着面具的人"。